edition atelier

Ulrike Schmitzer

# Es ist die SCHWERKRAFT, die uns umbringt

Roman

edition atelier

*Mit Dank an Irini Athanassakis,
von der die im Roman beschriebenen
Kunstwerke stammen*

# 1

Die junge Frau neben mir kramt hektisch in ihrer Tasche, holt eine Digitalkamera hervor.

Sie beugt sich über mich und streckt die Hand mit der Kamera zum Zugfenster, hält sie gegen den Himmel. Sie drückt ab, wartet ein wenig, drückt wieder ab und immer wieder.

Entschuldigen Sie, sagt sie, während sie sich wieder in ihren Sitz zurücklehnt. Ich fotografiere Strommasten.

Sie sind Künstlerin, sage ich.

Nein, warum, fragt sie und sieht mir in die Augen. Das ist mein Hobby.

Fotografieren, frage ich vorsichtig.

Strommasten, sagt sie. Strommasten fotografieren. Sehen Sie nur, wie wunderschön die Bilder sind. Keines gleicht dem anderen. Die Bewegung zerreißt die Masten. Ich hab tausende Bilder, und jedes ist anders.

Wie lange machen Sie das schon, frage ich.

Ein paar Jahre, sagt sie, wann immer es geht. Aber so schön wie heute werden sie nur selten. Das Licht. Das Licht ist heute besonders schön.

Ja, das Licht ist heute schön, sage ich, und sie beugt sich wieder über mich.

*

Alle drei Monate fahre ich mit dem Zug ins Weltraumzentrum. Oft dauert es dort nur einen Tag, manchmal das ganze Wochenende. Sie sagen es mir vorher nie. Als ob das so schwierig wäre. Sie müssen es doch wissen. Ich hätte nicht unterschreiben müssen. Sie haben mich mehrmals kommen lassen, mich vielen Tests unterzogen, ein Jahr lang bin ich immer wieder befragt und untersucht worden, bevor ich unterschrieben habe. Die

Unterschrift war letztlich ein Triumph, auch wenn sie erzwungen war. Sie haben mir so lange erzählt, dass sie mich nicht werden nehmen können, so lange, dass ich nur noch ein Ziel vor Augen hatte: Ich muss hinein. Ich habe mir keine Gedanken mehr gemacht, was es heißt, drinnen zu sein. Was es wirklich heißt, eine von ihnen zu sein.

*

Das ist unsere Weltraumarchitektin.

Er stellt sie mir mit einer kurzen Handbewegung vor, greift zum Handy, das gerade läutet.

Ihr kommt schon zurecht, sagt er schon mehr ins Handy als zu uns und verlässt den Raum.

Xenia, sagt sie und gibt mir ihre Hand.

Hallo, sage ich und vergesse mich vorzustellen. Xenia kann doch nicht ihr richtiger Name sein, denke ich und finde es kindisch, sich so zu nennen.

Sie haben vermutlich schon genug vom Testen, sagt sie freundlich, aber wir haben eine neue Versuchsreihe gestartet, für die Ihre Mitarbeit sehr wichtig ist.

Xenia hat glatte, schwarze Haare. Sie trägt ein rotes Designerkleid im Stil der 1990er-Jahre. Wir setzen uns an den grauen Tisch im Besprechungsraum.

Worum geht's denn, frage ich.

Um Space-Design. Meine Aufgabe ist es, Ihnen allen den Flug und den Aufenthalt so angenehm wie möglich zu gestalten.

Sie klappt ihren Laptop auf und spielt mir ein paar Animationen vor.

Sehen Sie, sagt sie. Das Space-Bett. Die Astronauten beklagen sich, dass sie das Gefühl des Zudeckens vermissen. In der Schwerelosigkeit funktioniert das nicht.

Ich dachte, wir haben dann künstliche Schwerkraft, frage ich.

Da können wir noch nicht sicher sein, sagt sie.

Der Space-Chair – und das ist die Space-Dusche, sagt sie.

Eine Dusche soll das sein, frage ich.

Daran haben wir zehn Jahre gearbeitet, sagt sie. Der Duschkopf. Er sprüht und saugt das Wasser wieder ein. Und der Clou: Er reinigt es auch gleich.

Wir möchten gerne, dass Sie diese Geräte testen. In der Schwerelosigkeit.

Schon wieder ein Parabelflug, sage ich.

Anders wird es nicht gehen, sagt sie.

Ein Parabelflug, das heißt zwanzig, dreißig Mal im Sturzflug nach unten, das heißt zwanzig, dreißig Mal steil nach oben. Das heißt so lange rauf und runter, bis das Kotzen unvermeidbar ist.

Vierundvierzig, sagt sie. Sie haben schon vierundvierzig Parabelflüge absolviert.

Schon so viele, frage ich.

Das steht zumindest hier.

Wann soll es denn losgehen?

Morgen, sagt sie.

Morgen, wiederhole ich.

Meine Kollegin wird Sie noch in die Geräte einweisen und Ihnen alle Handgriffe erklären. Was ich von Ihnen will, sagt sie, ist eine detaillierte Kritik nach dem Flug. Wir haben 20 Testpersonen, und von Ihnen wird die Qualität der Ausstattung abhängen.

Worauf soll ich genau achten, frage ich. Und wie soll ich in der kurzen Zeit, in 20 Sekunden, im Space-Bett »testschlafen«?

Sie lacht.

Das ist wie einen Pyjama anprobieren, dafür müssen Sie auch nicht schlafen. Sie werden Designvariationen zum Testen bekommen. Die Details wird Ihnen meine Kollegin erklären. Wir sehen uns dann nach dem Parabelflug wieder, sagt sie.

*

Ich bin froh, dass es nicht wieder einer dieser psychologischen Tests ist. Sie haben mich stundenlang eingesperrt, unter Druck gesetzt, um zu sehen, wie ich reagiere. Sie haben mir nichts zu essen gegeben, mich ewig nicht schlafen lassen. Ich bin nicht in Tränen ausgebrochen. Sie haben mir unlösbare Aufgaben gegeben und mir gesagt, die anderen hätten das in einer Stunde gelöst. Sie haben mich gedemütigt. Ich bin nicht in Tränen ausgebrochen. Vielleicht war das falsch? Vielleicht beweist man damit, dass man eine Verbindung zu seiner Gefühlswelt hat? Wie verhält man sich am besten unter den Augen der Forscher? Ich hätte das sehr gerne einmal mit jemandem besprochen. Mit jemandem von innen. Sie achten aber darauf, dass wir keinen Kontakt untereinander haben. Ich kenne niemanden. Ich habe versucht, mir die Menschen auf dem Bahnhof einzuprägen. Sind es immer wieder dieselben, denen ich begegne? Die auch immer dann am Bahnhof sind, wenn ich dort bin, obwohl ich nie zur gleichen Zeit ankomme?

Das FBI ist auf meiner Seite, flüstert mir plötzlich eine Frau am Bahnhof ins Ohr. Das FBI. Sie packt mich am Ärmel, reißt mich fast um. Ich sehe ihr wirres Haar und die große Aktentasche, die sie vor dem Bauch trägt. Aufpassen, Österreich! Im dritten Bezirk ist schon die Atombombe. Sie dreht sich mit ihrer Tasche wie in einem Karussell, schreit 3-2-1, und mit einem lauten GO wirft sie die Tasche von sich. Niemand beachtet sie.

# Notiz 1

Lisa Nowak veränderte alles. Die NASA-Astronautin hatte den Psychologen vorgeführt, dass sie absolut nichts über die Psyche ihrer Astronauten wissen. Im einen Moment noch die Vorzeige-Astronautin des Space Shuttles »Discovery«, eine Bordingenieurin auf der Internationalen Raumstation, zusammen mit dem deutschen Astronauten Thomas Reiter. Im nächsten Moment die liebeskranke Irre. Lisa Nowak. Mutter von drei Kindern. Verliebt in den Shuttle-Piloten Bill. Zwei Jahre jünger als sie. Die Liebe muss geheim bleiben, Nowak ist verheiratet. Doch Lisa findet heraus, dass Bill auch in E-Mail-Kontakt mit einer anderen Frau steht. Die Rivalin lebt 1.500 km von Houston/Texas entfernt, in Orlando/Florida. Nowak legt sich Perücke, Sonnenbrille, Trenchcoat zu, fährt nach Florida und verfolgt ihre Rivalin. Sprüht Pfefferspray durch den Schlitz in deren Autoscheibe. Die Rivalin kann fliehen, alarmiert die Polizei. Die Beamten finden Latexhandschuhe, eine Luftdruckpistole, ein Messer und einen Metallhammer in Lisa Nowaks Auto. Und von Lisa entwendete Liebesbriefe der Nebenbuhlerin an Bill. An »ihren« Bill. Eine Astronautin ist nicht wie andere Frauen: Nowak trägt Windeln, um auf der 1.500 Kilometer langen Autofahrt von Houston nach Orlando keine Pause einlegen zu müssen. So wie das Astronauten auch bei Starts und Landungen tun. Im Auto findet die Polizei noch ein chinesisches Glückskeks mit dem Orakel »Der kommende Monat bringt Veränderungen in Ihr Leben.« Darf eine Astronautin an Orakel glauben?

# 2

Ich sitze allein in dem kleinen Speiseraum im Trainingszentrum. Chinesisches Essen. Aber kein Glückskeks. Darf ich Sie einladen, hat er damals in der Kantine der Universität gefragt.

Wozu wollen Sie mich hier schon einladen, hätte ich am liebsten gesagt. Hier gibt es nur abgepacktes Essen und Getränke in Plastikflaschen. Ich kannte ihn nicht, auch nicht vom Sehen.

Nicht hier, sagte er, als ob er mich gehört hätte. Am Abend, in ein Restaurant.

Ich zuckte mit den Schultern.

Ich hätte nämlich ein Angebot für Sie. Ein wirklich einmaliges, ungewöhnliches Angebot, sagte er.

Ich brauche aber nichts, sagte ich.

Er sagte, sie würden mich schon länger beobachten. Sie hätten mich ausgewählt. Ich hätte Fähigkeiten, die sie brauchen würden. Und ich wäre allein. Sie würden mir die Chance geben, an etwas Einzigartigem teilzuhaben. Ich sollte ein Schläfer werden. Einer von Hunderten weltweit.

Was ist ein Schläfer, fragte ich und dachte sofort an 9/11 und an Spionage.

Ein Schläfer wird von uns vorbereitet und wartet auf den Tag, an dem er zum Einsatz kommt.

Und wann wird das sein?

Vielleicht in drei Jahren, vielleicht nie, sagte er. Vielleicht kommt erst die nächste Generation zum Einsatz.

Und was ist das nun für ein spannender Einsatz, fragte ich.

Ein Jahrhundertprojekt, sagte er. Ach, was sage ich, ein Jahrtausendprojekt!

Und was, fragte ich noch einmal.

Die Besiedelung des Mars.

Ich musste laut auflachen. Ich konnte mich vor Lachen nicht mehr halten. Ich verschluckte mich, hustete und bekam einen hochroten Kopf.

Beruhigen Sie sich, sagte er. Das ist kein Witz.

Sie wissen, wir bereiten schon seit Jahren die Besiedelung des Mars vor. Sie haben sicher in den Zeitungen davon gelesen. Von den ersten Mars-Sonden über die Mars-Rover bis hin zu den Mars-Robotern und schließlich die ersten Habitate, die wir hinuntergelassen haben.

Da ist doch alles schiefgegangen, sagte ich.

Wir hatten ein paar Startschwierigkeiten.

Startschwierigkeiten ist gut, sagte ich.

Es gibt Wasser auf dem Mars. Das war die Initialzündung für unser Projekt. Ohne Wasser wäre kein Leben auf dem Roten Planeten möglich.

Das ist sehr interessant, sagte ich mit übertrieben gespielter Langeweile.

Sie werden zu den ersten Siedlern auf dem Roten Planeten gehören, sagte er stolz.

Sie sagen das so bestimmt, sagte ich etwas irritiert.

Weil Sie keine Wahl haben, sagte er.

Und ob ich die habe, sagte ich. Ich stand auf und ging grußlos. Ich wusste damals schon, dass er recht hatte.

*

Hier, sagte er und deutete mit dem Zeigefinger auf die rechte Ecke des Vertrags. Und hier unterschreiben, sagte er und blätterte das dicke Konvolut bis ganz ans Ende durch. Auf der letzten Seite noch eine Unterschrift. So, sagte er, und dasselbe jetzt noch einmal. Als ich alles unterschrieben hatte, riss er mir den Vertrag unter der Hand weg. Ihre Kopie wird in Ihrem Safefach sicher verwahrt, sagte er. Er grinste. Mir kam es vor, als hätte ich soeben mein Todesurteil unterschrieben. Hatte ich im Grunde genommen auch. Ich würde sterben, um unsterblich zu werden. Ich würde Teil einer Gründungsgeschichte, eines Menschheitsmythos' werden. Der Preis, den ich dafür zahlen würde, war hoch. Oder nicht? Was, wenn ich morgen einfach tot umfalle? Dann sterbe ich, ohne je etwas Großes gemacht zu haben. Ich könnte in die Wissenschaftsgeschichte eingehen. In einer Reihe stehen mit Walentina Tereschkowa, der ersten Frau im Weltall. Mein Leben wäre nicht umsonst gewesen. Vielleicht haben sie bis zu meinem Start einen wirksamen Strahlenschutz erfunden, vielleicht werde ich nicht an Krebs sterben und noch viele Jahre auf dem Mars leben können?

*

Leben Sie Ihr Leben, bis wir Sie holen, sagte er. Leben Sie einfach wie immer weiter. Vielleicht holen wir Sie ja nie. Nicht alle Schläfer werden zum Team gehören.

O.k., sagte ich. Das war vor zehn Jahren. Ich habe versucht, mein Leben zu leben. Doch wie kann ich eine Beziehung eingehen, die jederzeit abgebrochen werden kann? Wie kann ich ein Kind bekommen, wenn ich vielleicht bald weg muss? Sie leben ein sehr einsames, einfaches Leben. Das verringert Ihre Punktezahl, sagte er. Da sind andere sozial bessergestellt als Sie, sagte er. Da müssen Sie was tun, sonst fallen Sie zu weit zurück. Wir können doch nur sozial erfolgreiche Menschen auf dem Mars brauchen, sagte er. Sie haben die Anlagen dazu, sonst hätten wir Sie nicht ausgewählt. Aber Sie müssen auch was dafür tun, sagte er. Strengen Sie sich ein bisschen an, sagte er und klopfte mir ermutigend auf die Schulter. Er berührte mich sonst nie.

Sie sind eine hervorragende Wissenschaftlerin. Wir brauchen Ihre Expertise da oben. Denken Sie daran, sagte er.

Ich nickte nur, sah ihn zur Strafe aber nicht an. Ich halte diese Einsamkeit hier nicht mehr aus. Mein Leben ist eine einzige Isolationsstudie.

*

Wieder ein Test. Transhab, der Prototyp eines aufblasbaren Habitats. Es verändert sich nach Ihren Wünschen, wir müssen dafür Ihre Gehirnströme messen. Wenn Sie viel Platz brauchen, macht es Fläche frei, wenn Sie es lieber gemütlich haben wollen, zieht es sich zusammen. Wenn Sie Anregung brauchen und Kommunikation, ergreift Transhab die Initiative. Wir brauchen doch keine Depressiven da oben, nicht wahr, sagt er.

Das ist Constance, sagt er. Die Konstrukteurin. Sie werden von ihr noch eingewiesen. Eine viel beschäftigte Frau, sagt er. Eine Ehre, dass sie sich extra Zeit für Sie nimmt.

Aha, sage ich. Danke. Und danke, dass ich mir so viel Zeit nehmen darf, denke ich.

Ihr Vater, sagt er.

Was ist mit meinem Vater, frage ich.

Falls Sie noch Zweifel haben sollten, sagt er.

Sollte ich denn Zweifel haben, frage ich ihn.

Keineswegs, sagt er. Aber mir kam nur zu Ohren, dass Sie sich nicht voll in die Versuchsreihe einbringen.

Doch, ich bin hochmotiviert, sage ich. Aber was hat das mit meinem Vater zu tun?

Ihm soll doch die beste Pflege angedeihen, sagt er.

Angedeihen, sagt er. Was haben Sie denn mit meinem Vater zu tun, frage ich. Mein Vater wartet seit Monaten auf einen freien Platz in diesem speziellen Pflegeheim. Mir wurde nur gesagt, die Warteliste sei unglaublich lang.

Wartelisten sind kein Gesetzbuch, sagt er. Wir unterstützen Sie, wo es nur geht. Das sollten Sie nicht als selbstverständlich ansehen.

Das tu ich nicht, sage ich unterwürfig.

Na also, sagt er. Dann strengen Sie sich für uns alle ein bisschen mehr an.

*

Im Schlaflabor. Endlich eine angenehme Aufgabe.

In den nächsten Tagen, sagt er, ist Ihre einzige Aufgabe, sich hier zu entspannen. Schön, sage ich. Ich will motiviert erscheinen.

Auf dem Mond wäre der Rhythmus ein Problem: Dort ist es 14 Tage hell und 14 Tage Nacht. Aber auf dem Mars werden wir einen 24-Stunden-Rhythmus haben. Wenn ich aus dem Fenster sehen werde, werde ich zwei Monde sehen: Phobos und Deimos. Es ist nur ein winziges Detail, aber genau darauf freue ich mich schon.

Worum geht's denn, frage ich ihn.

Wenn wir Ihnen das verraten, hat das Experiment keinen Sinn mehr, sagt er.

Drei Tage, frage ich.

Drei Tage, sagt er.

Mit Schrecken denke ich an die Bettruhe-Studie zurück. Drei Monate habe ich im Bett ausharren müssen. Mit Ihrem Arbeitgeber ist alles geklärt, hat er gesagt. Sie sind bei einer Studie unabkömmlich.

Stimmt ja auch, habe ich geantwortet.

Erst kommt der Schmerz in den Beinen, dann im Kreuz, dann schmerzen sogar die Haare, die ständig auf dem Polster aufliegen. Vierundzwanzig Stunden allein in einem kleinen Raum. Die Tür zum Gang offen. Gott sei Dank. Hektische

Betriebsamkeit am Gang. Die Masseurin. Der Mann mit den Zeitungen und Büchern. Die Ärzte. Blutdruck, Fettgehalt, Zucker, Urin, alles automatisch, Datenleitung direkt ins Chefarztzimmer. Der Psychologe. Die Krankenschwester mit dem Essen, dem frischen Jogginganzug. Die Körperpflegerin. Die Fitnesstrainerin. Meine Übungen. Jeden Tag genau nach Plan. Geht es darum zu sehen, ob ich durchhalte? Ob ich durchdrehe? Ob ich hysterisch werde? Oder geht es darum, wie sehr mein Körper abbaut?

Im Bett. Das ist die einzige Möglichkeit für uns auf Erden, sagte er, dauerhaft Schwerelosigkeit zu simulieren. Am Anfang muss man sich ständig gegen den Drang wehren, sich aufzusetzen. Der Körper schreit danach, sich aufrichten zu dürfen. Nach ein paar Wochen hat er aufgegeben, zieht nicht mehr nach oben, drückt schwer ins Bett. Was habe ich mir alles vorgenommen. Drei Monate! Was man da alles erledigen kann. Ich habe mir die Klassiker, die seit Jahren unangetastet in meinem Regal stehen, mitgenommen. Tolstoi, Bernhard, Kafka, Mann. Endlich werde ich Zeit haben, alles zu lesen! Ich werde jeden Tag drei Stunden lesen, zwei Stunden meine Mails erledigen, zwei Stunden an neuen Projekten arbeiten. Ich werde mit tollen Ideen in die Arbeit zurückkommen. So war der Plan. Dann war alles anders. Die ersten Tage war ich zu aufgewühlt, um in Ruhe zu lesen. Dann dehnte sich die Schwere von meinem Körper in meinen Kopf aus. Ich nahm ein Buch zur Hand und verspürte keinen Drang, es zu lesen. Es war einerlei, was darin stand.

Sie lesen nicht, stellte der Psychologe fest.

Nein, sagte ich. Ich habe keine Lust.

Was denken Sie, warum Sie keine Lust haben, fragte der Psychologe.

Ich bin zu müde, sagte ich.

Müde wovon, fragte er.

Ich starrte nur in den Gang und gab ihm keine Antwort. Er machte sich Notizen.

Die Astronauten, sagte er, die Tür schon in der Hand, sagen, sie fühlen sich in der Schwerelosigkeit wie zu Hause. Sie können sich schon nach ein paar Tagen nicht einmal mehr daran erinnern, wie es war, als die Schwerkraft den Körper nach unten gezogen hat. Ins All zu gehen, ist wie zurückzukehren. Zurückzukehren zu einem ursprünglichen Zustand. Man schwebt wie ein Fötus im Bauch der Mutter. So ist die Schwerelosigkeit. Sagen sie.

In den folgenden Nächten schlief ich noch schlechter. Ich träumte davon, in einer riesigen Höhle zu schwimmen. Ich hatte Blei an den Armen hängen. Es zog mich aber nach oben, immer tiefer in die dunkle Welt. Alles stand auf dem Kopf, ich wusste, ich musste nach unten, unten gab es Sauerstoff. Ich bekam keine Luft mehr. Ich bäumte mich noch im Schlaf auf. Saß aufrecht im Bett. Darüber erschrak ich noch mehr als über meinen Traum.

Im zweiten Monat fühlte ich mich besser. Ich hatte eine seitliche Stellung entwickelt, in der ich bequem lesen konnte, ohne dass mir der Arm einschlief. Und ich konnte beim Lesen wieder Sinnzusammenhänge herstellen. Ich dachte natürlich auch darüber nach, was sie von mir wollten. Ob sie meine soziale Kompetenz, meine Kommunikationsfähigkeit testeten. Ich bemühte mich, Beziehungen zu einigen der Betreuer herzustellen. Verwickelte sie in Gespräche, heiterte sie auf, gab die Gutgelaunte. Möglicherweise war das aber gar nicht gewünscht. Vielleicht suchten sie Einzelkämpfer, die in jeder noch so belastenden Situation in sich ruhen und sich von niemandem beeinflussen lassen.

Seien Sie einfach Sie selbst, sagte er immer.

Doch wer bin ich selbst, fragte ich mich.

Im dritten Monat wurde ich euphorisch. Nur noch vier Wochen, nur noch drei Wochen, zwei Wochen. Der Countdown.

Was würden Sie sagen, fragte der Psychologe, wenn wir den Versuch noch zwei Monate fortsetzen?

Es war wie ein Stromschlag. Die Haut auf meinem Kopf brannte bis in den Nacken hinunter.

Kein Problem, sagte ich.

Danach durfte ich nach Hause fahren.

Im Schlaflabor wird sicher alles besser.

Ich brauchte Wochen, um wieder alle Muskeln unter Kontrolle zu bekommen. Gehen zu können fühlte sich unglaublich an. Im Sitzen zu trinken und zu urinieren. Den Wind in den Haaren und auf den Ohren zu spüren. Noch einmal würde ich eine Bettruhestudie nicht mitmachen.

Es ist die Schwerkraft, die uns umbringt. Wir kämpfen unser ganzes Leben gegen sie an. Wenn wir geboren werden, kostet es uns enorme Kraft, unseren Kopf aufzurichten. Die Schwerkraft zieht uns wie Blei nach unten, wir bekommen zuerst Kreuzschmerzen, dann beginnt unsere Haut zu fallen, und schließlich schaffen wir es nicht mehr, lange Strecken zu gehen. Am Ende siegt die Schwerkraft, wir liegen im Bett und ergeben uns. Über alles denken wir nach, nur den größten Feind des Menschen scheinen wir vollkommen ausgeblendet zu haben. Die Schwerkraft ist es, die uns umbringt.

So muss sich Eva gefühlt haben. Sie war die erste Frau auf einem neuen Planeten. Vielleicht stimmt die Geschichte aus der Bibel, und Adam und Eva waren die ersten Siedler. Sie kamen von einem anderen Stern und sollten auf dem blauen Planeten eine neue Bevölkerung begründen. Die Bibel hat vielleicht nur etwas verkürzt, in Wirklichkeit war eine ganze Gruppe von Siedlern da. Wäre doch auch viel logischer. Nicht jeder kann von sich behaupten, er sei Eva. Ich könnte es von mir behaupten, aber erstens darf ich es niemandem sagen und zweitens interessiert es auch niemanden.

## Notiz 2

Shannon Lucid war im ersten Astronautenteam der NASA, zu dem auch Frauen zugelassen wurden. Sie verbrachte insgesamt 188 Tage im All und hält damit den Rekord für Astronautinnen: Auf der russischen Raumstation MIR war sie mit zwei Männern, die beide Juri hießen. Juri und Juri mussten einen Außenbordeinsatz, einen sogenannten EVA machen. Shannon sollte alleine an Bord bleiben. Bevor die beiden Männer ins All ausstiegen, verdeckten sie mit einem roten Tuch alle Knöpfe im Kontrollzentrum, die Shannon Lucid absolut nicht berühren durfte, während sie draußen waren.

# 3

Der Flieger nach Moskau ist nicht voll, nur jeder zweite Sitzplatz ist besetzt. Die Frau am Gangplatz schaut dauernd zu mir her. Oder versucht sie aus dem Fenster zu schauen? Nein, ich habe mich nicht getäuscht. Sie fixiert mich und rückt einen Sitz näher. Ihre Lippen sind tiefrot gestrichen, ihr Lidschatten zu dunkel. Entschuldigung, sagt sie.

Ich drehe mich zu ihr, ohne mein Buch abzulegen und schaue langsam auf. Ist die Strahlung am Fenster größer, was glauben Sie, fragt sie mit aufgerissenen Augen.

Keine Ahnung, sage ich.

Diese Maschine ist Nummer eins auf der Liste der Abstürze, sagt sie.

Da kann ich Sie beruhigen, sage ich. Wenn Sie den Weg mit dem Auto zum Flughafen überlebt haben, haben Sie den gefährlichsten Teil der Strecke schon hinter sich. Das zeigen alle Statistiken.

Ach, sagt sie, das ist gut, und lehnt sich zurück. Doch dann fährt sie noch einmal hoch und sagt: Gilt das auch für den Weg vom Flughafen nach Hause?

Ich sehe sie an und sage nichts.

*

Am Flughafen steht ein Mann mit einem Schild, auf dem »Star City« und mein Name stehen. Sternenstädtchen. Ich folge ihm, ich bin allein. Ich hatte gehofft, diesmal jemanden kennenzulernen. Der Fahrer legt mein Gepäck in den Kofferraum. Er deutet es zumindest an. Er lässt mich den Koffer hochheben und hineinlegen, synchronisiert seine Bewegungen mit meinen, greift jedoch erst zu, als der Koffer nur noch hineingeschoben werden muss. Alter Taxifahrer-Trick, der funktioniert wohl überall, denke ich. Ich setze mich ins Auto, er kratzt das Eis weg, das sich in der kurzen Wartezeit auf der Windschutzscheibe gebildet hat. Dann fahren wir los. Er lächelt nicht, er spricht nicht. Wir verlassen die Stadt, nach rund 50 Kilometern fahren wir durch einen Wald, und plötzlich steht vor uns ein großes Tor. Wir sind da. Das Juri-Gagarin-Kosmonauten-Trainingszentrum. Der Fahrer zeigt einen Brief, die Soldaten beraten, bringen den Brief zurück und machen das Tor auf. Der Taxifahrer fährt langsam durch die Allee, biegt bei einem der Blocks ein und bleibt vor der Tür stehen. Er zeigt mit dem Finger zum Eingang, macht aber keine Anstalten aufzustehen. Ich steige aus und nehme meinen Koffer. Der Taxifahrer fährt weg.

Das ist also Star City. Das sagenumwobene Trainingszentrum. Und ich bin hier.

Challo, ruft eine Frau. Eine kleine, rundliche Frau mit blonder Kurzhaarfrisur und Stechschritt kommt aus dem Haus.

Challo, sagt sie und reicht mir die Hand. Willkommen in Swjosdny Gorodok. Ich bin Oberst Irina. Ich freue mich, dass Ihre Reise gut verlaufen ist.

Danke, sage ich. Ich freue mich, hier zu sein.

Hier werden Sie wohnen, sagt sie und winkt, dass ich ihr folgen soll.

Star City war lange eine geschlossene Stadt, heute leben und arbeiten rund 6.300 Menschen hier.

Sie wohnen im selben Haus wie Dennis Tito, der erste Tourist in der Geschichte der Raumfahrt. Ihr Training beginnt morgen. Wir dürfen keine Zeit verlieren, Ihr Aufenthalt ist sehr kurz.

Sind noch andere da, frage ich und weiß in dem Moment, dass es falsch war, das zu fragen.

Oberst Irina sieht mich scharf an und sagt, oberste Geheimhaltungsstufe. Sie wissen! Und schüttelt den Kopf.

Ich hole Sie morgen ab, 0600, sagt sie und geht. Mein Zimmer ist einfach, aber sehr sauber. Ich ziehe mich aus und lege mich ohne zu duschen sofort ins Bett. Ich drehe mich hin und her, sie haben mir nicht gesagt, was auf mich zukommt.

*

Als Oberst Irina an meiner Zimmertür klopft, sitze ich schon an dem kleinen Tisch und warte, bis sie kommt. Das war schon als Kind so. Immer wenn ich Angst vor dem nächsten Tag hatte, konnte und wollte ich nicht schlafen. Im Schlaf vergeht die Zeit so schnell, und ich wollte den Moment des Schreckens weit, ganz weit hinauszögern. Deshalb sitze ich schon seit vier Uhr im Finsteren an diesem Tisch.

Oberst Irina nickt zufrieden, Lächeln entkommt ihr keines. Ich folge ihr still. Wir verlassen das Gebäude und gehen ein Stück durch Star City in einen anderen Block. Oberst Irina öffnet Türen und wandert durch Gänge, ich bin mit zwei, drei Metern Abstand hinter ihr. Wir stehen vor einer riesigen Halle und schauen durch ein Fenster hinein.

Das ist die größte Zentrifuge der Welt, sagt Oberst Irina. Hier müssen alle Kosmonauten durch. Wenn es gesundheitliche Probleme gibt, werden sie hier aufgedeckt. Sie haben einen Termin um 1100. Bis dahin wird Sie Doktor Morokov untersuchen und für die Zentrifuge vorbereiten.

Elf Uhr. Ich trage einen Kosmonautenanzug, meine Haare sind streng zusammengebunden. Unter dem Anzug bin ich an Dutzende Messgeräte angeschlossen, ich kann mich nicht bewegen, die Gurte sind fest angezogen. Die ersten Umdrehungen spüre ich ganz leicht, doch dann beginnt meine Haut aus dem Gesicht zu fliegen, meine Gedärme wandern aus meinem Körper und mein Herz setzt aus. Ich denke an ein Karussell auf dem Spielplatz bei meiner Großmutter. An das Gefühl, dass meine Beine abheben und die Büsche rundherum zu fliegen beginnen. Ich kreischte damals, bis mir die Kraft ausging. Doch das Karussell hielt nicht an, es drehte sich immer schneller und schneller. Meine Hand begann sich von der rostigen Stange zu lösen. Ich flog in hohem Bogen auf den Schotter und holte mir blutende Wunden. Wow, sagte ich damals und wollte es gleich noch einmal versuchen. Aber ich musste genäht werden, und dann waren die Ferientage bei meiner Großmutter vorbei. Nur nach innen schauen, sage ich mir. Bald ist es vorbei. Das haben schon 300 Kosmonauten vor dir ausgehalten. 300 hat Oberst Irina gesagt. 300 sind eigentlich nicht sehr viel. Zählen Sie, befiehlt mir eine Stimme. 300, 301, 302, 303 ... meine Zunge ist ganz dick, es fällt mir schwer, deutlich zu sprechen, ich bekomme keine Luft. Wie lange das wohl dauert. Lösen Sie die Aufgaben, befiehlt die Stimme. Ich drücke die Tasten, die auf dem Monitor vor mir aufscheinen. Ich spüre meine Zähne, vielleicht fallen sie aus dem Gebiss, meine Augäpfel wollen aus den Augenhöhlen springen, wieso ist mitten in der Zentrifuge ein Strand, ein wunderschöner Sandstrand, ich atme auf, die Luft ist heiß und feucht, das kann nicht sein, nein, bleib doch, er verschwindet wieder, ganz langsam, meine Zähne kommen wieder zurück, meine Haut entspannt sich, die Zentrifuge wird langsamer. Ich versuche aufzustehen, ein Techniker sagt, ich soll noch sitzen bleiben, sie müssen mich erst abkabeln. Ein Mann bringt mich auf mein Zimmer. Ich schlafe erschöpft ein.

Oberst Irina holt mich ab. Wir müssen ein Stück durch Star City gehen.

Ein weißer Wagen fährt an uns vorbei, bremst, bleibt ein paar Meter vor uns stehen. Oberst Irina deutet mir, hier zu warten.

Sie läuft zum Auto, aus dessen Fenster ein winkender Arm hängt. Wie ein Winkerkrebs, denke ich.

Oberst Irina flirtet. Sie lacht und verbiegt ihren festen Soldatenkörper. Der Fahrer startet los, bleibt noch einmal stehen und fährt dann weiter.

Das war der erste Kommandant der Internationalen Raumstation, sagt sie und lächelt noch immer. Bill.

Wir gehen beim Juri-Gagarin-Denkmal vorbei. In Schrittstellung und in Arbeiterkluft steht er hier in Bronze gegossen. Ich wundere mich, dass er nicht im Kosmonautenanzug abgebildet wurde.

Wenn die Crew ins All fliegt, sagt Oberst Irina, dann legt sie Blumen zum Monument von Juri Gagarin und trägt sich in das Memorial Book ein.

Wenn die Kosmonauten zu spät zum Training kommen, sagt sie, müssen sie die ganzen 15 Kilometer rund um die Sternenstadt laufen.

Oberst Irina gibt sich Mühe, eine gute Fremdenführerin zu sein. Das Sternenstädtchen ist zu einem Dienstleistungszentrum geworden für die Raumfahrt. Es ist nur eine Frage des Preises, ob man hier trainieren und Tests machen kann. Doch die Sowjetzeiten sind noch in ihren Körper eingeschrieben. Der militärische Habitus und der Befehlston in ihrer Stimme tun sich noch schwer mit ihrer serviceorientierten Freundlichkeit.

Werde ich das Ergebnis des Zentrifugen-Tests erfahren, frage ich.

Ich bin nicht befugt, Ihnen das mitzuteilen, sagt Oberst Irina und beschleunigt ihren Schritt.

Wir gehen bei der Betriebskantine vorbei. Der Duft von Essen kriecht in meine Nase, mein Magen beginnt zu knurren. Sie führt mich in einen kleinen Gastraum, auf dem Tisch steht ein Teller mit dampfendem Essen.

In einer Stunde hole ich Sie wieder ab, sagt sie.

Nach zehn Minuten bin ich mit dem Essen fertig. Ich könnte noch einen Spaziergang machen, denke ich und will die Tür öffnen. Ich bin eingesperrt. Die Tür hat kein Schloss, sie muss automatisch versperrt worden sein. Jetzt erst bemerke ich, dass der Raum keine Fenster hat. Vielleicht ist das ja auch ein Test. Ich setze mich wieder und versuche ruhig zu bleiben. Was kann ich schon tun. Ich muss eine Dreiviertelstunde warten, dann wird sie mich holen. Ich lege mein Ohr an die Tür, kein einziges Geräusch ist zu hören.

Als Oberst Irina die Tür öffnet, sitze ich mit ausgestreckten Beinen auf dem Boden und schlafe.

So, sagt sie nur. Ich springe auf.

Jetzt Belastungstests und morgen Tauchgang, sagt sie.

Die Belastungstests kenne ich schon, es sind dieselben wie zu Hause. Der erste von drei Tagen ist vorbei.

Als Oberst Irina am nächsten Tag um 6 Uhr in der Früh klopft, öffne ich ihr die Tür. Ich sage Guten Morgen.

Guten Morgen, erwidert sie. Heute Tauchgang.

Wir gehen wieder durch das Sternenstädtchen. Oberst Irina ist schweigsam. Sie bleibt vor einem Gebäude stehen und sagt, ich soll hineingehen. Sie muss weiter. Heute viel Ärger, sagt sie und erschrickt über ihre Offenheit.

Alles Gute, sage ich und gehe in das Haus.

Ein junger Mann will meinen Namen wissen und hakt ihn auf einer Liste ab. Ich muss irgendwie an diese Liste kommen. Das sind sie, alle Namen. Der Mann, keine 20 Jahre alt, muss meine Gedanken gelesen haben, denn sofort nimmt er die Liste, steckt sie in seine Uniform und knöpft die Brusttasche zu.

Ich bekomme einen Taucheranzug und muss mit einem Tauchoffizier drei Stunden Übungen im Trockenen machen, bevor er mich ins Wasser lässt. Ich soll eine Luftschleuse in die Internationale Raumstation ISS einbauen, in das 1:1-Modell unter Wasser. Das ist ziemlich absurd. Ich werde nie auf der ISS sein. Aber da alle Trainer mit einem derartigen Ernst bei der Sache sind, versuche ich, mein Bestes zu geben. Es sieht ganz einfach aus, unter Wasser dauert die Prozedur allerdings dreimal so lange wie beim Trockentraining. Der Tauchoffizier ist zufrieden mit mir, er klopft mir auf die Schulter, als ich aus dem Wasser steige. Ich lächle ihn an, er lächelt nicht zurück.

Die denken wohl, alle Frauen sind von Natur aus ungeschickt oder dumm. Das haben wir der Astronautin Heidemarie Stefanyshyn-Piper zu verdanken.

## Notiz 3

Als Heidemarie Stefanyshyn-Piper ihren ersten Weltraumspaziergang auf der Internationalen Raumstation ISS machte, führte sie acht Stunden lang fehlerfrei Wartungsarbeiten durch, und dann verlor sie ihre Werkzeugtasche im All. Frauen und ihre Taschen, das war die Nachricht der Woche.

*

Als ich aus der Umkleide komme, sehe ich durch die Glasscheibe den jungen Mann, wie er gerade ins Wasser steigt, um ein paar Runden zu schwimmen. Der offizielle Teil dürfte für heute wohl abgeschlossen sein. Er taucht auf, atmet ein, taucht mit kräftigen Schwimmbewegungen wieder ab. Ich sehe mich um, niemand beobachtet mich. Ich öffne die Tür zur Männergarderobe, auf dem Schild steht etwas, das ich nicht verstehe. Das ist zumindest eine mögliche Ausrede, denke ich, und zugleich weiß ich, dass mir das niemand abkaufen wird. Ich muss die Liste haben. Der Umkleideraum ist leer. Ich muss weiter, in den zweiten Raum. Mein Herz pocht so laut in den Ohren, dass ich nicht hören könnte, wenn jemand zur Tür hereinkommt. Die Uniform liegt auf der Bank. Ich durchsuche sie, das Papier knistert. Ich entfalte das Papier. Alles auf Russisch. Was sonst. Und doch bin ich kurz geschockt. Ich kann das Alphabet, ein paar Wörter, gerade genug, um in der U-Bahn die Stationsnamen schnell genug lesen zu können, bevor sie weiterfährt. Und ich weiß, wie man »Wien« schreibt. Ich suche die Liste ab. Ich sehe russische Städte, japanische, arabische, und da: Wien. Hier steht Wien auf Russisch. Ве́на. Mein Name und ein Name direkt daneben. Ich lese wie ein Volksschüler, einen Buchstaben nach dem anderen: Zoe Hauser.

Ich möchte die Liste am liebsten einstecken. Es sind 50 Namen. Ich habe noch nicht einmal das erste Drittel überflogen, als eine Tür zufällt. Es ist die äußere Garderobentür. Zwei Russen reden miteinander. Der eine lacht. Ich lege mich unter die Bank, ein witzloses Versteck, denn die Bank besteht aus Sprossen mit breiten Abständen. Ein Blick, und sie sehen mich. Aber es gibt kein besseres Versteck. Es ist dumm, sich zu verstecken, denke ich, damit ist die Ausrede hinfällig, dass ich mich in der Tür geirrt habe. Ich krieche wieder unter der Bank hervor. Die Männer bleiben im ersten Raum, die Tür fällt wieder zu. Ich stecke die Liste zurück in die Uniform und schleiche mich hinaus. Ich habe einen Namen. Das verschafft mir ein Hochgefühl. Ich bin nicht mehr allein.

Der dritte Tag. Oberst Irina klopft ein zweites Mal. Ich bin zu spät. Ein geringschätziger Blick erstickt mein Guten Morgen.

Cheute letzter Tag, sagt sie mit russischem Akzent. In Simulationsanlage.

Ich steige in das nachgebaute Raumschiff und warte. Ich muss das Raumschiff landen. Das liebe ich. Schon als Kind spielte ich im Urlaub in den Spielsalons an der Strandmeile mit Computersimulationen. Wo ist die Kanone, dachte ich. Erhöhte Aggressionsbereitschaft wäre sicher ein Grund, mich aus dem Programm auszuschließen. Ich hätte sie alle abgeknallt. Rundherum. Mit dem größten Vergnügen. Cheute letzter Tag, wiederhole ich wie einen Rap, während ich die Kiste in der vorgeschriebenen Zeit lande. In diesen Dingen bin ich wirklich talentiert. Sie sollten mich als Pilotin einsetzen.

Derselbe Taxifahrer steht vor der Tür. Noch einmal mache ich den Trick mit dem Koffer nicht mit. Ich lasse den Koffer an der Treppe stehen, er steigt seufzend aus und hievt ihn in den Kofferraum. Der Rückflug geht schnell. Ich kann es kaum erwarten, zu einem Internetanschluss zu kommen, um sie ausfindig zu machen.

# 4

Man sollte sie nicht unterschätzen. In Wien gibt es 12 Zoe Hauser. Vielleicht war es ein Umlaut. Und es gibt 9 Zoe Häuser. Das sind zu wenige, um die Hoffnung aufzugeben, und zu viele, um an sie heranzukommen. Was weiß ich über sie? Sie muss jung sein. Sie hat vermutlich keine Kinder. Ich glaube nicht, dass sie Frauen mit Kindern auswählen. Sie müsste ihre Kinder zurücklassen. Andererseits werden sie gebärfähige Frauen brauchen. Und was ist ein besserer Beweis für die Gebärfähigkeit, als Kinder zu haben? Ich drucke die Liste mit den Adressen aus und stecke sie ein.

*

Meine langen Abwesenheiten von der Arbeit sind immer schwieriger zu erklären. Zuerst haben sie mir Bescheinigungen vom Gericht ausgestellt, dass ich als Geschworene bereitzustehen habe. Ich darf nicht darüber sprechen, das hat jeder der Kollegen sofort akzeptiert. Wenn die dich mal in den Fängen haben, kommst du nicht mehr raus, sagten sie und meinten die Justiz. Schöffe, Geschworener. Das glaubt mir doch inzwischen keiner mehr, sagte ich nach zwei Jahren zu ihm, und er reagierte. Krankenstände, Arztbestätigungen. Meine Arbeit blieb liegen. Keine Laborarbeit, keine Studien, keine Publikationen.

Sie wollten mir die Leitung der Studie entziehen, die ich auf die Beine gestellt hatte.

Das ist mein Forschungsbereich, sagte ich zum Professor. Meine Expertise. Das Thema gibt es überhaupt nur, weil ich an der Uni bin. Ohne meine Initiative gäbe es keine Förderungen, sagte ich ihm.

Sie können weiter mitarbeiten, sagte der Professor. Ich werde den Kollegen Harreiter damit betrauen.

Harreiter, sagte ich, den habe ich ausgebildet. Der ist noch lange nicht so weit.

Das entscheide ich, sagte der Professor.

Mein Sessel war noch da, als ich an einem Sonntag in die Uni kam, aber Harreiter hatte demonstrativ sein Familienfoto auf meinen Schreibtisch gestellt. Ich ließ es in den Mistkübel fallen, es zerbrach. Meine Unterlagen holte ich aus einer Kiste, die in der Ecke stand.

Die Kollegen ignorierten mich. Wenn die Aufgaben für neue Studien verteilt wurden, hieß es nur, wer weiß, ob du dann überhaupt da bist. Ich konnte nicht einmal widersprechen, ich wusste es selbst nicht. Ich wurde nicht mehr auf Firmenfeiern eingeladen und nicht mehr gefragt, ob ich in die Kantine mitgehe. Wenn ich ein paar Tage nicht mehr in der Arbeit erschien, fragte niemand mehr, was ich gemacht habe. Ich war bald die Unsichtbare.

*

Nach der Arbeit fahre ich mit der Straßenbahn in die Lerchenfelder Straße. Entlang der Straße ist eine Allee, Sitzbänke überall zwischen den Baumreihen. Autos gibt es hier in der Innenstadt schon lange keine mehr. Die Mietpreise sind unerschwinglich. Aber wer sagt, dass sie nur arme Leute ausgesucht haben. Ich setze mich auf die Bank schräg vor dem Haus und warte. Ein paar Leute gehen aus und ein. Ich werde sie nicht erkennen. Ich gehe zur Tür, suche das Türschild. »Hauser« steht da. Die Haustür ist offen, ich gehe hinein bis an die Wohnungstüre und läute.

Aus der Wohnung höre ich Schritte näherkommen. Schlurfen. Kein gutes Zeichen, denke ich. Langsames Hantieren an den Schlüsseln. Die Tür geht nur einen Spaltbreit auf.

Ja, eine alte Frau sieht mich fragend an.

Frau Hauser, frage ich

Ja, sagt sie noch einmal.

Das tut mir leid, sage ich, da habe ich mich jetzt in der Tür geirrt.

Die alte Frau schließt die Tür ohne ein Wort.

Vor dem Haus hole ich die Liste aus der Jackentasche und hake die erste Adresse ab.

Arbeit macht frei, schreit ein Mann, der auf der Treppe zur U-Bahn sitzt. Arbeit macht frei! Er fixiert einzelne Passanten und brüllt ihnen entgegen. Nachdenken! Nachdenken! Arbeit macht frei!

Es ist schon finster, als ich aus der U-Bahn beim Westbahnhof steige. Es sind sehr viele Menschen unterwegs, sie rempeln mich an, steigen mir zwischen die Füße, drängen mich an die Hausmauer. Ich atme erleichtert auf, als ich endlich die Äußere Mariahilfer Straße erreicht habe. Nach zehn Minuten stehe ich vor dem Haus, das bei mir auf der Liste die Nummer zwei trägt. Ich läute. Niemand reagiert. Ich läute ein zweites Mal. Ich lehne mich an die Hausmauer und warte. Ich spiele im Geiste verschiedene Möglichkeiten durch, wie ich sie ansprechen und herausfinden könnte, ob sie Teil des Programms ist.

Ich bin ein Marsmensch. Sie auch?

Sagt Ihnen Star City zufällig etwas?

Phobos und Deimos? Wenn sie auf den Mars fliegen will, wird sie wohl die beiden Marsmonde kennen. Eine gute Frage, denke ich. Unverfänglich, aber direkt.

Endlich kommt jemand, ein Mann öffnet die Tür. In dem Moment geht das Licht im Stiegenhaus automatisch aus.

Herr Hauser, frage ich.

Ja, fragt er. Ich kann ihn kaum sehen, in der Wohnung ist es auch finster.

Was soll ich jetzt bloß sagen, warum habe ich denn überhaupt ihn gefragt?

Ist Zoe Ihre Frau?

Wer will das wissen, fragt er nicht unfreundlich.

Oh, entschuldigen Sie, sage ich. Ich warte auf Ihre Frau, ich muss sie dringend sprechen.

Und Sie sind, fragt er noch einmal und hält mir schon die Türe auf. Ich trete aus dem dunklen Stiegenhaus in seine Wohnung.

Elsa, sage ich. Elsa Noah.

Noah. Wenn er eingeweiht ist, wird er jetzt Verdacht schöpfen. Aber mir ist nichts anderes eingefallen. Ich ärgere mich, dass ich nicht besser vorbereitet bin.

Frau Noah, sagt er, dann kommen Sie einmal mit, meine Frau wird in einer Viertelstunde zu Hause sein. Ich mache Ihnen in der Zwischenzeit einen Kaffee. Beim Gehen macht er mit einer Handbewegung das Licht an.

Ich folge ihm in die kleine Küche, die wie aus der Zeit um 1900 wirkt, als die Küchen zugleich Badezimmer waren. Die Badewanne versteckt sich hinter einem schlampig zurückgeworfenen Duschvorhang.

Sie entschuldigen, sagt er. Aber wir haben zur Zeit etwas Chaos.

Er sieht mir erstmals in die Augen und erstarrt.

Was, frage ich.

Frau Noah, sagt er. Meine Frau wird Sie bestimmt sehen wollen.

Ich nicke.

Er starrt mich noch unverschämt lange an, dann verlässt er den Raum.

Ich sehe mich um, ob es Anzeichen für Kinder gibt. Spielsachen, Badeente, Kinderschuhe. Ich kann nichts entdecken.

Kaffee bekomme ich wohl eher keinen, denke ich, als er gerade wieder zurückkommt.

Es ist alles wie um die Jahrhundertwende, sagt er und fixiert mich wieder so eigenartig, aber meine Frau will nicht umbauen. Ihr gefällt das so. Und die anderen Zimmer sind sehr groß und haben viel Licht. Das braucht sie.

Ja, das verstehe ich, sehr nett, sage ich.

Sie entschuldigen mich kurz, sagt er, während er mir eine Tasse Kaffee aus der Maschine macht und hinstellt, aber ich muss noch rasch ein Telefonat führen.

Ich versuche mir meine Erleichterung nicht anmerken zu lassen. Ich stelle mir vor, wie das Gespräch verlaufen wird.

Wir kennen uns nicht, oder, wird sie fragen.

Nein, Elsa, nein, werde ich sagen. Elsa Noah.

Sie wird meine Hand zum Gruß nehmen. Meine Hand wird zu schwitzen beginnen, und ich werde hoffen, dass sie sie endlich wieder loslässt.

Sagt Ihnen Phobos und Deimos etwas, werde ich vorsichtig fragen.

Sie wird überlegen.

Die griechischen Figuren oder Comicfiguren, oder sind das nicht irgendwelche Planeten? Keine Ahnung, was meinen Sie damit, wird sie fragen. Ihr Mann wird an der Türschwelle lehnen.

Sie wird mich erwartungsvoll ansehen.

Ich bin auf der Suche nach einer Zoe Hauser, werde ich sagen, die mit dem Weltraum zu tun hat. Könnte ich da bei Ihnen richtig sein?

Mit dem Weltraum? Sie wird lachen. Mit dem Weltraum habe ich nichts zu tun, ich habe genug Chaos auf dieser einen kleinen Welt!

Ich werde aufstehen und versuchen, ohne weitere Befragung aus der Wohnung zu kommen. Sie wird sagen, jetzt haben Sie nicht einmal Ihren Kaffee ausgetrunken.

Sie wird mich zur Tür bringen, und ihr Mann wird uns nur ein Stück im Flur begleiten.

Ja, dann, wird sie sagen, die Eingangstür öffnen und zu ihrem Mann zurücksehen, der gerade im Zimmer verschwindet, und mich in diesem Moment am Arm packen. Sie wird mir zuflüstern.

Morgen, Aida Stephansplatz, 8 Uhr, und dann wird sie ganz laut sagen: Viel Glück bei Ihrer Suche, auf Wiedersehen!

Und ich werde sie gefunden haben.

Der Kaffee ist schon kalt. Ich trinke den letzten Schluck aus, als es endlich an der Eingangstür klingelt. Ihr Mann macht auf und flüstert mit ihr. Sie öffnet langsam die Küchentür, als ob ein gefährlicher Hund in der Küche lauern würde. Ihr Kopf kommt zuerst durch die Tür, und jetzt weiß ich, warum mich ihr Mann so angestarrt hat. Sie sieht genauso aus wie ich. Sie ist ich.

*

Zu mir! Nur diese kleine Notiz auf meinem Schreibtisch. Der Professor will mich sehen. Er wird mir kündigen, denke ich.

Er gibt mir die Hand, das macht er sonst nie.

Es haben sich Veränderungen ergeben, sagt er.

Gute oder schlechte, frage ich.

Setzen Sie sich, sagt er und deutet auf die zerbeulte Ledercouch.

Ich habe meine Entscheidung noch einmal überdacht, sagt er. Sie werden die Leitung der Studie nicht abgeben. Ich werde vielmehr eine Assistentin für Sie einstellen, die Ihre Laborversuche abwickeln kann. Sie werden nur mehr die Interpretation der Daten übernehmen müssen.

Ja, sage ich.

Ich weiß nicht, wie Sie das gemacht haben, aber die Forschungsförderung ist an Ihre Person gekoppelt, die wollen nur Sie.

Aha, sage ich. Aber nicht Harreiter.

Und was mache ich jetzt mit Harreiter, fragt der Professor. Seine Beförderung liegt schon in der Lohnverrechnung. Wie sieht das denn aus. Sie bringen mich da ganz schön in Verlegenheit.

Nicht Harreiter, sage ich noch einmal, schüttle ihm die Hand und gehe.

# 5

Diese Tests werden Ihnen gefallen, sagt die Weltraumarchitektin.

Ich freue mich, sie nach acht Monaten jetzt wiederzusehen.

Sie werden heute unsere Haubenköche bewerten, sagt sie. Wir haben Spitzenköche eingeladen, schmackhafte Weltraumkost zuzubereiten. Ich hoffe, Sie haben Hunger mitgebracht.

Aber, will ich fragen, aber warum, doch sie redet weiter.

Ich werde Ihnen gleich erklären, warum ich die Studie betreue.

Ich nicke. Genau das wollte ich fragen.

Für die Reise zum Mars, sagt sie, kommen nur neun Zutaten in Frage. Alle Zutaten müssen in den Gewächshäusern der Mars-Kolonien gezüchtet werden können. Und sie müssen als Nebenprodukt noch Sauerstoff erzeugen. Die Konstruktion der Gewächshäuser ist die Aufgabe der Weltraumarchitektur.

Ich nicke wieder.

Sie bekommen als erstes drei Variationen von Marsbrot mit verschiedenen Aufstrichen.

Als Hauptmahlzeit servieren wir Variationen aus Kartoffeln, Soja, Spinat, Tomaten und so weiter, aber lesen Sie, hier steht alles. Ich möchte Sie bitten, die Tabelle rechts sorgfältig auszufüllen, damit wir exakte Testergebnisse bekommen.

Ich mag keine Tomaten, sage ich.

Die Weltraumarchitektin wird blass.

Mögen Sie keine Tomaten oder vertragen Sie keine Tomaten, fragt sie.

Ich mag sie nicht, sage ich. Ich habe keine Allergien.

Dann muss ich Sie bitten, sie trotzdem zu essen. Sie macht sich eine Notiz.

Das ist ärgerlich, sagt sie, und ich weiß nicht, ob sie damit mein Verhalten meint oder den Fehler in der Kommunikation.

Denn diese Dinge wurde ich schon des Öfteren abgefragt. Das sollten sie eigentlich über mich wissen.

Dann wünsche ich guten Appetit, sagt sie freundlich.

Ich koste von überall nur ein wenig, und doch bin ich nach kurzer Zeit völlig satt. Das Essen ist pikant.

Nach dem letzten Gang kommt Xenia wieder.

Na, fragt sie, wie hat's geschmeckt?

Wunderbar, sage ich, ganz toll, und reiche ihr die Zettel. Sie wirft einen Blick darauf und sieht, dass ich einige Menüs mit der schlechten Note vier bewertet habe.

Ausgezeichnet, sagt sie. Da haben Sie uns sehr geholfen.

Und die Gewürze, frage ich. Wo kommen die dann her?

Xenia grinst.

Salz und ein paar andere Gewürze werden Sie mitnehmen, sagt sie. Aber am besten stellen Sie sich schon auf vegetarische Kost um, denn Kuhställe werden mit Sicherheit keine auf dem Mars gebaut.

Wer kann das heute schon wissen, sage ich.

In der U-Bahn beobachte ich einen Mann, der nervös durch die Gänge geht und mit dem Fuß Zigarettenkippen und kleine Müllteile in die Ritzen zwischen den Bodenplatten schiebt. Alles klar, wiederholt er ständig. Alles klar. Passanten gehen ihm aus dem Weg, um ihn nicht bei seiner Arbeit zu behindern.

# 6

Es war unerträglich, in mein eigenes Gesicht zu sehen. Sie trägt die Haare ganz kurz, das steht uns gut.

Sie fragte nur: Wer sind Sie?

Keine Ahnung, sagte ich. Etwas Blöderes konnte man in so einer Situation wohl nicht sagen.

Was wollen Sie denn, fragte sie. Worum geht es denn?

Wegen Phobos und Deimos, sagte ich.

Das ergab keinen Sinn, und das merkte ich an ihrem Blick. Mein wunderbar vorbereiteter Dialog. Was redete ich denn. Ich bat sie, ob wir uns in drei Tagen um acht in der Aida am Stephansplatz treffen könnten. Sie sagte ja.

Ich kenne eine Frau, die sieht genauso aus wie du, hat immer wieder einmal jemand zu mir gesagt. Auf einem Fest, bei einem Kurs oder in einem Geschäft.

Ah, wirklich, sagt man doch in so einem Fall. Interessant, sagt man. Aber man findet es nicht wirklich interessant, weil man weiß, dass man einzigartig ist. Man weiß, dass man ganz anders aussieht. Wenn auch nicht für andere. Es gibt mich nur einmal, und alle, die das nicht merken, sind blind oder Idioten, dachte ich. Ich hätte nachfragen sollen, wer die andere ist. Ich kann mich erinnern, sogar nachgefragt zu haben. Die kenn' ich nur vom Sehen von der Arbeit, die musst du doch schon mal gesehen haben … nichts als vage Behauptungen.

Ein Meer von Krapfen. Rotglasierte, goldene, gepunktete, gestreifte, grüne, Champagner-Krapfen, die Auslage ist voll von ihnen. Die Aida sperrt um 21 Uhr schon zu. Ich warte beim Eingang. Sie kommt zu spät. Ich warte. Sie kommt gar nicht. Es ist halb neun. Hab ich mich verhört? Oh Gott, vielleicht hat sie acht Uhr morgens verstanden?

# 7

Folgen Sie mir, sagt ein junger Mann und leitet mich durch ein Gewirr von Gängen. Wir bleiben vor einer Schleuse stehen. Ich muss meine Kleidung und die Schuhe ausziehen und bekomme einen dünnen weißen Anzug. Ich gehe durch die Keimschleuse.

Ein weiterer Mann empfängt mich und erklärt mir, dass ich diesen Anzug anziehen soll. Es ist ein weißer Raumanzug. Er sieht wie ein Skianzug aus den 1970er-Jahren aus, er ist hauteng.

Wie ein Taucheranzug, sage ich zu dem jungen Mann. Er ignoriert meine unqualifizierte Meldung freundlicherweise und geht aus dem schlauchförmigen Raum.

Vor mir liegt ein überdimensionaler Helm mit einem riesigen Visier. Ich setze ihn kommentarlos auf, obwohl ich gerade heftig zu schwitzen beginne. Was wohl ein Schweißfleck auf so einem Design-Prototyp kostet, denke ich. Doch als ich den Helm aufhabe, fühle ich mich unendlich wohl. Ich habe mein eigenes Universum. Ich höre absolut nichts, bis das Knacksen eines Funkgeräuschs einsetzt und eine Stimme sagt: Wir werden den Anzug jetzt ein paar Belastungen aussetzen. Sie teilen uns jederzeit mit, wenn Sie etwas spüren oder sich unwohl fühlen. Bestätigen Sie!

O.k., sage ich. Oder sollte ich o.k., Sir sagen? Oder o.k., Oberst, Major, Feldmarschall?

O.k., Scotty, sage ich völlig unkontrolliert. Sie mögen sicher keine Scherze. Aber jetzt ist es zu spät.

Ein heftiger Windstoß reißt mir beinahe die Füße weg. Ich rudere mit den Armen und kann mich nur mit Mühe aufrecht halten.

Gehen Sie, sagt die Stimme.

Ich versuche, trotz der Gegenkraft ein paar Schritte in dem Gangschlauch zu machen. Plötzlich lässt der Wind nach.

Laufen Sie bis zum Ende des Ganges, so schnell Sie können, befiehlt die Stimme.

Ich laufe, die Boots sind leicht, ich kann schnell laufen.

Schneller, befiehlt die Stimme.

Ich laufe, so schnell ich kann, drehe am Ende des Ganges um und laufe wieder zurück. Soll ich wieder zurücklaufen?

Doch schon bläst wieder der Wind, feine Sandkörner prasseln auf das Visier des Helms, sie bilden innerhalb von Minuten eine feine Schicht auf dem Boden.

Rechts neben Ihnen, sagt die Stimme. Ich schaue nach rechts. An der Wand hängen zig Teile eines Geräts.

Bauen Sie es zusammen, sagt die Stimme.

Aber ich, setze ich an, doch dann nehme ich die einzelnen Bestandteile und versuche sie in dem Sandgestöber zusammenzustecken. Es ist ein kleiner Rover.

Mit den Handschuhen kann ich die kleineren Teile ohne Probleme greifen, das Problem ist eher, dass ich nicht weiß, wie ich ihn zusammenbauen soll.

Die Teile sind nummeriert, sagt die Stimme.

Ich drehe die Teile in meiner Hand, und tatsächlich, sie haben Nummern. Der Sandsturm ist so stark, dass ich die Teile kaum vor mein Sehfeld halten kann. Erst als der kleine Rover endlich fährt, merke ich, dass sie das Licht gedimmt haben. Meine Knie schmerzen.

Achtung, sagt die Stimme. Phase zwei.

Der kleine Rover rutscht davon. Sie haben den Boden in Schräglage gebracht. Der ganze Sand entweicht in eine Schleuse, ich muss mich an den Haltegriffen an der Wand festhalten, um nicht mitgerissen zu werden. Noch in Schräglage beginnt es zu regnen.

Weil es auf dem Mars regnet, Idioten, denke ich.

Innerhalb von Minuten füllt sich der Raum bis zu meinen Knien, zu meiner Hüfte, zu meinem Oberkörper. Ich bekomme

Panik. Was, wenn der Prototyp nicht dicht ist? Ich werde gleich Gelegenheit haben, es herauszufinden. Das Wasser reicht gleich bis zum Helm. Ich fingere daran herum, um zu überprüfen, ob ich ihn richtig verschlossen habe.

Kein Problem, sagt die Stimme.

Du hast kein Problem, denke ich.

Doch dann schwebe ich. Ich schwebe stehend im Wasser, und ich fühle mich wohl.

Gehen Sie zum Ende des Ganges, sagt die Stimme.

Schwimmen Sie, denke ich, der Befehl heißt: Schwimmen Sie zum Ende des Ganges.

Doch plötzlich merke ich, wie mich die Schuhe nach unten ziehen und ich festen Boden unter den Füßen habe. Ich kann gehen. Ich gehe zum Ende des Ganges, und dann laufe ich zurück. Ich kann unter Wasser gehen.

Danke, sagt die Stimme. Phase drei.

Das Wasser weicht zurück, die Schräglage wird wieder aufgehoben. Kleine Eispartikel fliegen durch den Raum, ich spüre einen leichten Druck an tausend Stellen auf meiner Haut. Es schmerzt nicht, es ist nur ein sanfter Druck.

Achtung, sagt die Stimme.

Auf dem Boden in der Mitte des Raumes öffnet sich eine Luke, und eine Kiste mit einem Seil wird herausgefahren.

Ziehen Sie die Kisten zum Ende des Raumes, sagt die Stimme.

Ich zögere. Das ist ja wohl wieder ein völlig unsinniger Auftrag. O.k., zum Denken bin ich nicht hier, ich ziehe die Kiste. Sie ist schwer und wird noch schwerer, da der Eisregen und der Wind zunehmen und ich bei jeder Bewegung meine ganze Kraft brauche. Ich lege mir das Seil um den Bauch, es scheuert an meinem Anzug.

Ob das so gescheit ist, frage ich mich. Was, wenn er einen Riss bekommt?

Ich komme nicht voran. Die Kiste bewegt sich keinen Zentimeter.

Strengen Sie sich an, sagt die Stimme.

Ich brülle einen unverständlichen Laut, während ich mit aller Kraft an der Kiste ziehe. Sie bewegt sich ein paar Zentimeter. Der Eisregen ist inzwischen so stark, dass ich das Ende des Ganges nicht mehr erkennen kann.

Ich spüre weder Kälte, noch schwitze ich. Ich bin völlig erschöpft. Der Eissturm hört auf.

Danke, sagt die Stimme.

Ich ziehe den Anzug aus und lege ihn auf den Boden. Als ich durch die Keimschleuse komme, ist die Weltraumarchitektin wieder da.

Schön, dass Sie wieder da sind, sage ich. Oder eigentlich schön, dass ich wieder da bin, wenn Sie da sind.

Sie hat ihre Haare heute zu einem Turban hochgebunden, im Stil der 1960er-Jahre, ihr schwarzes Kleid reicht knapp über die Knie, spitze schwarze Stiefel. Sie sieht immer futuristisch aus, sie zieht sich wohl nach dem Vorbild einer Science-Fiction-Serie an.

Die alten Raumfahrtanzüge, sagt sie, wogen noch über 100 Kilogramm. Kaum vorstellbar. Was Sie heute anhatten, ist bereits die vierte Generation der Raumanzüge. Das neue Modell ist nicht mehr aufgeblasen wie die alten Raumanzüge, sondern es besteht aus mehreren Schichten, aus ganz verschiedenen Materialien.

Geheimen Materialien, sage ich.

Na ja, ob sie so geheim sind, weiß ich gar nicht. Die Zusammensetzung der Schicht steht jedenfalls noch in keinem Lehrbuch.

Wir haben Ihre Körperfunktionen und die Reaktion des Materials gemessen, sagt sie.

Ich muss Sie bitten, diesen Frageboden detailliert und sorgfältig auszufüllen. Aber jetzt kommen Sie erst mal wieder zu

Kräften. Und danken Sie Alexej, dass er Ihnen schon viel Arbeit abgenommen hat.

Ich sehe sie fragend an. Ich kenne keinen Alexej. Sie reagiert nicht auf mein Unwissen. Erst als sie weg ist, fällt mir ein, wen sie damit gemeint hat.

## Notiz 4

Alexej Leonow war der erste Mensch, der einen Weltraumspaziergang machte. Der Außenbordeinsatz im Jahr 1965 endete fast in einer Katastrophe, denn es passierte etwas, womit eigenartigerweise keiner gerechnet hatte. Der Raumanzug von Leonow blähte sich im Vakuum auf. Leonow passte plötzlich nicht mehr durch die Luke des Raumschiffs Woschod 2, der Rückweg war ihm versperrt. »Ich war allein … Ich habe keine Informationen weitergegeben … Sonst hätten sie auf der Erde eine Kommission gebildet … ich hatte noch Sauerstoff für eine halbe Stunde …«, sagte Leonow später. Er entschied sich schließlich, auf eigene Faust Druck abzulassen, ohne zu wissen, wie gefährlich das für ihn war. Der Raumanzug schrumpfte wieder, und er konnte ins Raumschiff einsteigen.

# 8

Es ist acht Uhr. Ich suche in der Menge.

Ich dachte schon, sagt plötzlich eine Frauenstimme, Sie haben es sich anders überlegt.

Ich drehe mich um, eine Frau mit kurzen blonden Haaren lächelt mich an. Sie hat Sommersprossen auf der Nase.

Ich bin wahnsinnig froh, Sie zu sehen, sage ich.

Gehen wir am besten zu McDonald's in der Seitengasse, sagt sie. Da finden wir eher ein ruhiges Eck.

Ich hole zwei Kaffee, während sie einen Platz aussucht. Wir sitzen in einem Eck, sind ungestört. Ein paar Geschäftsleute holen sich einen Kaffee, sitzen bleibt aber kaum jemand.

Ich heiße Elsa, sage ich. Es tut mir leid, dass ich bei Ihnen so verwirrendes Zeug geredet habe.

Ach, sagt sie und wischt mit einer Handbewegung meine Bedenken weg.

Können wir uns nicht duzen, fragt sie. Ich bin Zoe. Elsa, wie Einsteins Elsa?

Ja, sage ich.

In der kurzen Pause, die entsteht, trinkt sie einen Schluck Kaffee. Ich sehe mir ihren Mund an, ihre Hände, ihre Ohren. Ich starre sie viel zu lange an.

Noch alles dran, fragt sie und lächelt mich an.

Sind wir Zwillinge, frage ich.

Das hat mein Mann auch gesagt, sagt sie. Wann hast du denn Geburtstag?

Am 20. Oktober. Und du, frage ich.

Ich auch, sagt sie.

Und was willst du von mir?

Gar nichts. Ich wollte dich nur finden. Darf ich dich was fragen? Hast du Geschwister, frage ich.

Nein, sagt sie.

Hast du einen Vater, frage ich.

Ja, sagt sie und denkt kurz nach. Na ja, eigentlich nein. Einen Stiefvater.

Ich habe einen Vater, aber ich hatte nie eine Mutter, sage ich.

Das mag ja sein, sagt sie. Aber deswegen müssen wir doch nicht verwandt sein.

Nein, müssen wir nicht, sage ich.

Nein, sagt sie und mustert mich in aller Ruhe von den Händen über die Nase bis zu den Augen.

Wie heißt deine Mutter, fragt sie.

Emilia, sage ich.

Sie schweigt.

Bist du verheiratet, hast du Kinder, fragt sie.

Nein. Und du?

Verheiratet, kein Kind. Hast du noch Geschwister?

Ich war immer allein. Und du, frage ich.

Ich war das einzige Kind. Wir sind sehr viel umgezogen, wir waren lange im Ausland. In Frankreich hab ich dann meinen Mann kennengelernt, und wir sind zurück nach Österreich.

Und Mutter, frage ich vorsichtig.

Mutter ist tot, sagt sie. Und Vater?

Ich zucke mit den Schultern. Wie kann ich sagen, er lebt, und wie kann ich sagen, er sei tot. Er ist beides. Ich sage gar nichts.

Sie scheint es zu verstehen.

Wie war Vater denn?

Er war o.k., sage ich. Er war halt keine Mutter.

Sie nickt.

Warum sie das wohl getan haben, fragt sie.

Was, frage ich.

Uns getrennt, sagt sie. Sich getrennt. Alles auseinandergerissen.

Die hatten höhere Ziele, sage ich.

Das versteh ich nicht, sagt Zoe und runzelt die Stirn.

Ich bin nicht sicher, ob sie eine von uns ist.

Wie haben … hast du mich gefunden, fragt sie.

Über die Zentrale, sage ich.

Die Zentrale im Krankenhaus, fragt sie und merkt gar nicht, dass ich nicht antworte.

# 9

Zoe ist Künstlerin. Auf die Frage, was für eine Art Kunst sie mache, antwortet sie zuerst ausweichend, dann sagt sie, sie mache gerade Audience-Performance. Dafür gebe es einen richtigen Markt, Profis wie sie seien gesucht und würden gut bezahlt. Wer ginge denn heute noch freiwillig auf irgendwelche langweiligen Abendveranstaltungen?

Publikum sein ist nicht leicht, sagt sie. Publikum muss ruhig stehen, darf nicht gähnen und lacht im richtigen Moment laut auf. Es klatscht begeistert, aber nicht aufdringlich. Es grüßt zuerst, noch bevor das Gegenüber wegsieht. Es darf die Stimmung keinesfalls verderben. Es führt interessante Gespräche, ohne sich in den Vordergrund oder gar den Künstler in den Hintergrund zu drängen. Entsteht eine peinliche, unbeabsichtigte Stille unter den Gästen, weiß es, was zu tun ist. Es merkt sich, wer zuletzt bei welchem Event gesehen wurde und knüpft in der Besucherbiografie mühelos an. Als Getränk bekommt es meist nur ein kleines Glas mit schlechtem Wein, immer öfter nur Wasser und eine Scheibe trockenes Brot. Vorbei die Zeiten, als Publikum ordentlich aufgetischt wurde. Dafür wird Publikum jetzt bezahlt.

Ich bin Publikum für jedermann. Eigentlich ist das ein Projekt, sagt sie. Mein eigenes Kunstprojekt. »Let me be your audience« ist doch ein guter Titel. Aber das werde ich erst viel später als Kunstprojekt aufdecken. Ich dokumentiere es, sagt sie.

Ich habe keine Vorstellung davon, warum sie sie ausgewählt haben könnten. Vielleicht hat sie übersinnliche Fähigkeiten, denn genau in dem Moment, in dem mir dieser Gedanke kommt, fragt sie, ob ich sie komisch finde.

Ich weiß nicht, sage ich.

Und was machst du, was für das Überleben der Menschheit von unverzichtbarer Bedeutung ist, fragt sie.

Ich kann eigentlich nichts Besonderes, sage ich.

Ich bin mir nicht sicher, ob sie jetzt darüber reden will. Über das Programm. Sie muss damit anfangen. Ich habe sie gefunden, der nächste Schritt liegt bei ihr.

Und was arbeitest du, fragt sie.

Ich bin Mikrobiologin. Ich arbeite mit Mikroalgen.

Was kann man damit machen, fragt sie.

Die Bewohner einer Marsstation kann man zum Beispiel damit ernähren, sage ich und warte ihre Reaktion ab. Sie schaut nur interessiert, deshalb rede ich weiter.

Algen haben antivirale, antibakterielle und sogar antikanzerogene Wirkstoffe. Sie enthalten alle lebenswichtigen Vitamine und Mineralstoffe. Sie enthalten auch viel Jod. Das ist wichtig wegen der Strahlung, sage ich.

Auf dem Mars, sagt sie.

Ja, genau. Außerdem ganz wichtig für eine Marsstation: Aus Mikroalgen kann man Treibstoff gewinnen. Stell dir vor, die wachsen so schnell, dass sie in einem Tag ihre Masse verdoppeln können. Die gehen praktisch nie aus.

Genial, sagt sie. Aber das muss man doch für die Erde anwenden und nicht auf die Marsbesiedelung warten. Wenn es so weitergeht, bringen wir die Erde noch um.

Da sind noch viele Forschungsfragen offen, sage ich.

Dann forsch mal schneller, sagt sie. Würdest du auf dem Mars leben wollen?

Ich zucke kurz zusammen.

Na, da hat wohl jemand Angst vorm Fliegen!

Sie hat keine Ahnung. Mein Gesicht zerfällt, meine Hände greifen in Zeitlupe nach dem Kaffee, meine Augen, meine Schultern, alles wird auf einmal so unendlich schwer, dass ich mich kaum mehr auf dem Sessel halten kann.

Ich mache auch Studien, sagt sie.

Welche Studien, frage ich und versuche weiterzudenken. Es macht nichts, sage ich mir, es ist egal, ich habe sie gefunden, und das ist die Hauptsache. Ich werde nie mehr allein sein, ob sie nun eine von uns ist oder nicht.

Für meine Mehr-chen-Production, sagt sie.

Was, frage ich.

Ich mache Studien für ein einzigartiges Unternehmen, das ausschließlich anderen dient. Den »Mehr-wert« ernten die anderen. Ich füttere die Konzepte anderer mit meinen Ideen. Ich schreibe Texte für die Förderungsanträge und für die Kataloge der anderen. Die anderen mehren ihren Marktwert, ich scheine nirgends auf.

Das klingt jetzt nicht nach einem nachhaltigen Erfolgsmodell, sage ich.

Doch, sagt sie. Ich stelle jedem Auftraggeber eine Rechnung aus, ein sogenanntes »Mehr-chen«. Basierend auf dem uralten Märchen, dass ich von der Zusammenarbeit profitieren werde. Schließlich glauben alle Musen, Assistentinnen oder Geliebten dieser Welt noch immer an dieses Märchen!

Ich glaube, du hast einen Knall, sage ich. Auf dem Mars gehe ich nicht mit dir in ein Zimmer.

Sie lacht.

Die Jungs, sagt Zoe dann auf der Straße, schau! Überall in der Stadt stellen sie ihre Statuen und Pfeiler auf. Sieh dich nur um, phallische Symbole überall. Stell dir nur vor, die ganze Stadt wäre voller Gebärmuttern!

Zoe hat mich in ihr Atelier eingeladen. An den Wänden hängen Dutzende Leinwände, die mit kleinen Plus- und Minus-Zeichnungen vollgespickt sind. Sie bemerkt, dass ich die Bilder irritiert ansehe.

Das sind meine Plus- und Minus-Universen, sagt sie. Derzeit überwiegt das Minus. Leider.

Ich starre sie an.

Wenn ich Astronomin wäre, würde ich vermutlich richtige Sternkarten zeichnen, sagt sie. Aber keine Sorge, sie werden mich schon nicht für die Navigation durch die Multiversen einsetzen.

Du bist echt schräg, sage ich.

Nach unserem letzten Treffen habe ich mich gefragt, sagt sie, warum du mich eigentlich gesucht hast. Was willst du von mir?

Nichts, sage ich.

Im Nachhinein ist mir alles klar, sagt Zoe. Es war immer ein undefinierbares Unglück. So eine stille Traurigkeit in mir. Ich muss dich jetzt etwas fragen, sagt Zoe nach einer kleinen Pause.

Frag, sage ich.

Haben sie dich auch in Kinderlager geschickt, in Spielcamps und in alle möglichen Kurse. Musstest du auch Rollenspiele spielen, mit Psychoanalytikern arbeiten und so was?

Nein, sage ich. Mich haben sie anders gefördert.

Wie, fragt sie.

Förderkurse Mathematik. Physik. Technische Chemie.

Oh Gott, sagt sie.

Nein, das hat mir nichts ausgemacht. Mich hat das total interessiert, sage ich. Ich habe das geliebt, in Zahlenrätseln zu versinken. Ich habe mir oft sogar eigene mathematische Rätsel ausgedacht. Und ich habe Bücher über die Goldbachsche Vermutung, über Fermat oder Poincaré verschlungen.

Ich glaube nicht, dass wir beide verwandt sind, sagt sie.

Was denkst du, warum haben sie das getan, frage ich sie.

Unsere Eltern waren wohl beide sehr ehrgeizig, meint sie.

Oder wir waren Teil eines Programms, sage ich.

Was für ein Programm denn, fragt sie.

Für eine Marsexpedition, sage ich.

Sie starrt mich an.

Du spinnst doch, sagt sie.

Nein, glaub mir, wir sind Teil eines Programms. Einer historischen Mission. Wir sollen auf den Mars. Das heißt: Ich soll auf den Mars. Was sie mit dir vorhaben, weiß ich nicht.

Was redest du dauernd von SIE? Wer sollen denn bitte SIE sein, fragt Zoe.

Ich weiß auch nicht, wer dahintersteckt, sage ich. Ich kenne sie nur von den Trainings, von den Experimenten, ich kenne nur ein paar von ihnen. Du musst doch auch welche kennengelernt haben?

Wo soll ich welche kennengelernt haben, fragt sie.

Bei deinen Kursen!

Zoe überlegt.

Da komm ich nicht mit, sagt sie.

Ich finde es jedenfalls ungemein beruhigend, nicht der einzige Mensch zu sein, von dem das Gelingen einer historischen Mission abhängt. Seit ich dich kenne, fühle ich mich auch nicht mehr so unzulänglich. Wenn ich Fehler habe, dann haben *sie* etwas falsch gemacht, nicht ich. *Sie* haben die Verantwortung für alles. Für unsere Macken. Oh, entschuldige, das …

Schon o.k., sagt sie. Ich verstehe, was du meinst.

Und dass wir Zwillinge sind, verändert jetzt alles.

Warum, fragt sie.

Weil das kein Zufall sein kann.

# 10

Sie sollen nur wissen, sagt er, dass Sie sich keine Sorgen zu machen brauchen.

Wenn Sie so was sagen, muss ich mir aber Sorgen machen, sage ich.

Sie wissen, dass die Kosten für Ihren Vater gestiegen sind, fragt er.

Ich kenne ihn nun schon so lange und weiß nichts über ihn. Ich nicke.

Ich will Sie nur wissen lassen, dass wir uns darum kümmern werden. Sie brauchen sich keine Gedanken zu machen.

Danke, sage ich. Ich könnte mir das nie leisten.

Ich weiß, sagt er und lächelt. Das ist der gute Teil am Deal.

Ich dachte, der gute Teil kommt dann, wenn wir dort sind.

Das kann man nicht wissen, sagt er wieder ernst.

*

Ich bin am Ziel meiner Träume, aber es fühlt sich nicht so an. Ich wollte schon immer Astronautin werden. Vater erzählte mir abends immer die Heldengeschichten der Astronauten. Was glaubst du, wie es den ersten Frauen ergangen ist, die ins All wollten. Sie hörten immer nur von »Astronauten«. Doch eine ließ sich davon nicht abschrecken. Walentina. Sie war besser als alle Männer, sagte er immer. Eine ist immer die Erste, vergiss das nicht. Ihr Name für Funksprüche war Tschaika. Mein Vater rief mich deshalb auch immer Tschaika. Bis ich ihn eines Tages fragte, was das Wort heißt. Möwe. Ich wollte aber meinen eigenen Funknamen. Wir suchten ihn gemeinsam aus. Von da an war ich Ptscholka, Bienchen. Wenn ich von meinem Zimmer über eine Schnur von Joghurtbecher zu Joghurtbecher in das Zimmer meines Vaters funkte, rief er mich: Fisch 1 an Biene 1.

Als alle anderen Kinder Bücher über Bauernhöfe und Tiergärten bekamen, las er mir Planetenbücher vor und fragte mich danach ab. Er erzählte mir auch Geschichten von Astronautinnen. Ich kannte sie bald alle. Jede hat ihre eigenen Stärken, sagte er. Jede hat es verdient, da oben zu sein. Ich hörte später einmal, wie eine Astronautin auf die Frage antwortete, was ihr am meisten geholfen habe, dieses Ziel zu erreichen. Wenn du das Gefühl hast, dein Vater unterstützt dich, dann hilft das sehr, meinte sie. Ich glaube, mein Vater wäre gerne selbst geflogen. Und denk dran, sagte er: Die Astronautinnen haben nur eine einzige Sache gemeinsam. Was, fragte ich. Sie wollen alle wieder hinauf.

# 11

Sobald ich die engen, steinernen Stufen, die wegen des nahen Flusses mit Moos bedeckt sind, hinaufkomme, nimmt mit jedem Schritt der Geruch der Verwesung in meiner Nase zu. Ich bin noch zu weit vom Pflegeheim entfernt, der Geruch existiert nur in meinem Kopf.

Ich muss noch Dutzende viel zu kurze Stufen hinaufsteigen. Jedes Mal frage ich mich, ob die Menschen früher kürzere Füße hatten. Warum war es nicht möglich, einen Stein fußbreit in den Fels zu schlagen? Nein, jetzt muss man im Winter auf den vereisten, aufgequollenen Steinkanten sein Gewicht balancieren. Die Menschen drücken sich mit ihren dicken Einkaufstaschen an mir vorbei. Sie blasen mir den eiskalten Rauch ins Gesicht. Sie schreien in ihre Mobiltelefone. Ich hasse alles und jeden auf dieser Stufe.

Jedes Mal versuche ich beim Öffnen der schweren Eisentür die Luft anzuhalten. Nur ein paar Sekunden weniger diesen süßlichen Geruch einatmen. Es riecht immer nach Essen. Dabei isst hier doch keiner mehr. Sie werden alle über Sonden ernährt oder bekommen einen Brei. Können sie hier nicht einmal ordentlich lüften?

Wie ist es möglich, dass ich früher immer an diesem Haus vorbeigefahren bin, ohne es zu sehen? Ohne die grauen, traurigen Gesichter der Frauen zu sehen, die aus der Tür kamen? Ohne zu bemerken, dass ein Fenster immer offen war, obwohl es zur Straße ging? Hier stört der Verkehr niemanden mehr. Vielleicht ist es sogar das einzige, was ihnen zwischen den regelmäßigen Atemzügen zeigt, dass die Zeit vergeht und sie nicht im Rhythmus des Ein- und Ausatmens stecken geblieben sind.

Neun Monate liegt er schon hier. So lange, wie die Reise zum Mars dauern wird. Ich stelle mir gerne vor, dass er seinen Körper hier nur vergessen hat, er selbst ist schon weit weg auf dem Roten Planeten. Acht lebende Tote in einem Zimmer, deren Körperhüllen von einer Woche zur nächsten ausgetauscht werden. Es ist, als gebe es ein Heer von Untoten in der Stadt. Sie leben unter uns, bis man sie in das Haus im Berg bringt. Die Frauen und Kinder hier tun so, als ob sich nichts verändert hätte.

Er lebt wie eine Pflanze. Niemand weiß, ob er etwas fühlt. Doch, ich weiß es. Manchmal verzerrt er das Gesicht, mit schmerzvollem Ausdruck öffnet er den Mund, als wolle er schreien. Der zäh gewordene Speichel zieht sich zwischen Unter- und Oberlippe. Es ist, als ob ein kleines Kind seinen Gebärschrei loslässt. Nur befindet er sich auf dem Weg zurück.

Ich habe ihn nur ein einziges Mal angefasst. Streicheln Sie ihn, hat die Krankenpflegerin gesagt. Das wird ihm guttun. Ich habe seine Hand in meine gelegt. Die große, schwere, weiche Hand war ganz willenlos. Ich habe kein Wort gesagt. Wenn er nicht mehr reden kann, wenn er nicht mehr von dieser Welt ist, warum soll er dann nicht Gedanken lesen können? Wer weiß das schon?

# 12

Ich habe die Macht zu töten, sagt Zoe völlig überraschend, während sie sich noch einen Tee nachgießt. Sie kommt seit einiger Zeit unangemeldet am Abend und bleibt ein paar Stunden. Manchmal legt sie sich auf meine Couch und mustert die kleine Garçonnière.

Obwohl ich schon zehn Jahre in diesem heruntergekommenen Block wohne, kenne ich fast niemanden. Nebenan wohnte hier früher ein Paar. Junkies, ausgehungert und fertig. Eines Tages läutete die Frau bei mir und fragte, ob ich ein Pflaster hätte. Ihr Finger blutete. Ich gab ihr eines, sie packte es selbst aus und klebte es mit angestrengter Konzentration auf. Dann begann sie zu erzählen, dass sie Aids habe. Ich schrak zurück, verfolgte jede ihrer Handbewegungen und dachte rückwärts, ob sie irgendwo eine Blutspur hinterlassen hatte.

Ich habe auch ein Baby, sagte sie, obwohl ich nichts von einem Baby gesagt hatte und auch keines in meiner Wohnung war.

Damit hab ich dich noch gar nie gesehen, sagte ich zu ihr.

Ich musste es nach der Geburt hergeben. Es war das erste Aids-Baby, sagte sie stolz.

Das erste Aids-Baby, was heißt das? Das erste Aids-Baby der Stadt? War das eine Pioniertat, die in die Geschichte der Schöpfung eingeht?

Schön hast du es hier aber nicht, sagt sie ungeniert ehrlich. Aber ich bin trotzdem gerne hier. Oder vielleicht deshalb.

Was meinst du mit töten, frage ich.

Ich wähle Menschen aus, und diese Auswahl bewirkt, dass sie sterben werden.

So ein Blödsinn, sage ich.

Nein. Du erinnerst dich an das Filmprojekt für die Installation, von der ich dir erzählt habe? Ein Manager, der über den Finanzcrash gesprochen hat. Vier Wochen nach dem Interview ist er tot umgefallen. Mein erstes Interview mit dem Architekten? Drei Monate nach dem Interview ist er bei einem Autounfall gestorben! Und die Frau für das Projekt gegen Menschenhandel? Vier Monate nach dem Interview: tot! Alle tot! Irgendeine Macht in mir tötet die Menschen.

Das ist Zufall, sage ich.

Zufall? Einmal ist ein Zufall, zweimal ist ein Zufall, dreimal ist kein Zufall mehr! Du glaubst mir nicht? O.k.! Dann gib du mir das nächste Interview!

Wieso ich, frage ich.

Na eben, sagt sie.

*

Zoe hat gesagt, ich könne jederzeit bei ihr im Atelier vorbeikommen. Es liegt etwas außerhalb, ein kleines Gartenhaus im Grünen, ich muss die Schnellbahn nehmen.

Ich kenne diese Frau. Seit Jahren trägt sie Grün. Ausschließlich Grün. Eine grüne Jacke, einen grünen Rock, grüne Bluse, grüne Tasche, grünes Tuch, grüne Schuhe. Einzig ihr Lippenstift ist rot – gerade so viel über den Lippenrand gezeichnet, dass er nicht der Norm entspricht. Die Grüntöne changieren über die Jahre. Sie hetzt durch die Stadt, als ob sie dringende Einkäufe zu erledigen hätte. Ich habe sie länger nicht gesehen. Und heute hätte ich sie fast nicht erkannt, obwohl sie sehr auffällig ist. Sie trägt Rot. Ausschließlich Rot. Eine rote Jacke, einen roten Rock, eine rote Bluse, rote Tasche, rote Schuhe. Ihr Lippenstift passt zur Kleidung. Er ist noch immer zu groß über den Lippenrand gezogen. Ihre Haare sind anders. Sie hetzt noch immer durch die Straßen. Ich starre ihr nach. Was wohl passiert sein mag, es muss eine unheimliche Erschütterung gewesen sein, die diese Frau so verändert hat.

Zoe umarmt mich zur Begrüßung. Mir ist das unangenehm. Sie drückt mich, und nach der Umarmung drückt sie mich noch am Arm und sagt, schön, dass du da bist.

So gut kennen wir uns doch noch gar nicht.

Zoes Atelier ist noch chaotischer als sonst. Bilderrahmen, Leinwände, riesige Fotos, Modelle aus Papier.

Was müsste passieren, frage ich sie, während sie mir das erste Glas Cola einschenkt, damit du deine Farbe komplett wechselst?

Welche Farbe, fragt sie desinteressiert und knallt mir einen Stapel Papier auf den Tisch.

Da, sagt sie. Das Werk wird mich berühmt machen.

Was ist das, frage ich.

Das ist ein Roman, in dem ein Buchstabe fehlt.

Was für ein Buchstabe, frage ich.

Rate, sagt sie.

Vielleicht ein E, nein das geht nicht, oder ein L, aber dann kannst du nie »als« schreiben. Oder ein Z, mit einem Z ginge es sicher. Aber so viele Wörter fangen mit z an, wie zerspringen, zerreiben, zerfließen, Zukunft, was weiß ich.

Z wäre zu einfach, sagt sie. Es muss ein Buchstabe mitten im Alphabet sein, ich schreibe einen Roman ohne k.

Klingeln, Küssen, Klima, Kammer, Können, Kommen, Kirche … da musst du aber auf viele Wörter verzichten, sage ich. K wie Kafka vielleicht. Und warum machst du das, frage ich sie.

Weil ich es kann, sagt sie.

Das ist aber nicht gerade neu, sage ich und setze noch eins drauf. Genau dieselben Worte benutzten auch jene Wissenschaftler, die die erste Mondbasis errichten wollten. »Weil ich es kann« wurde zum geflügelten Wort, genauso wie das »Yes, we can« des amerikanischen Präsidenten Barack Obama bei seinem Wahlkampf. Zahllose Konferenzen standen unter diesem Motto »Because we can«. Architekten planten Habitate, die – tief im Regolith eingegraben – die Astronauten vor der tödlichen kosmischen Strahlung schützen sollten. Sie entwickelten Moonrover und Baustoff-Fabriken auf dem Mond, sie zerbrachen sich den Kopf über den besten Strahlenschutz. Die Infrastruktur wuchs zu einer ganzen Stadtlandschaft.

Fast täglich waren die Nachrichten voll mit coolen Computeranimationen, die Stimmung wurde aufgebaut für die erste Mondstation. Doch dann explodierte das Shuttle mit den ersten Mondsiedlern. 20 Astronauten tot. Danach hörte man nichts mehr von den ehrgeizigen Plänen.

Weil ich es kann ist aber nicht genug, sage ich und denke an Buzz Aldrin, den zweiten Mann auf dem Mond. Er galt als Spinner, weil er sich für eine Reise zum Mars engagierte. Rein technisch wäre das damals schon möglich gewesen.

Ich bin nicht die erste, die diese Idee hat, sagt sie kleinlaut. Aber ich werde es besser machen. Irgendwie müssen wir die Zeit auf der Erde doch nutzen, sagt sie. Bis sie uns holen.

Ich sammle alle Unfälle, sage ich.

Sie sieht mich an.

Alle Unfälle und Pannen der NASA und der Russen.

Das klingt spannend, das musst du mir mal zeigen, sagt Zoe.

Ich sammle sie nur in meinem Kopf. Das sind Dinge, die ich nicht vergesse. Für mich ist es, als wäre ich bei jeder Katastrophe immer dabei gewesen.

Wieso immer, fragt Zoe. Das gilt hoffentlich nur für die Vergangenheit.

Nein, sage ich, ich träume auch von den Katastrophen in der Zukunft.

Ich dachte, die Verrückte von uns beiden bin ich, lacht Zoe. Du musst mir meinen Platz jetzt nicht streitig machen.

*

Ich sehe aus einer kleinen Luke und blicke auf die Erde. Ich weiß, dass ich schon viel zu lange hier stehe, die Strahlung ist viel höher als im Inneren. Gehen Sie vom Fenster weg, sagt eine Stimme ganz ruhig und bestimmt. Sie haben Ihr Limit überschritten. Ich kann nicht, ich kann mich nicht vom Blick auf diese leuchtend blaue Kugel trennen. Nur noch ein paar Minuten, ein paar Sekunden. Ich sehe die Kinder im Meer schwimmen, die braungebrannten lachenden Menschen auf ihren Segelbooten, auf dem Gletscher setzt gerade ein Skifahrer zur Abfahrt an, auf dem Berg tummeln sich Wanderer, ein Junge springt in einen eiskalten Gebirgsbach. Auf der Wiese grasen Kühe, Schafe, ein Kamel trabt in Richtung Wüste, die gleich neben der Alm beginnt. Die Frauenstimme schon wieder: Gehen Sie von der Luke weg, das ist ein Befehl. Die letzte Verwarnung, sonst bekommen Sie Strafpunkte. Ich scheiße auf Strafpunkte. Ich starre auf die Erde, Wolkenbänder ziehen durch. Wie schön doch Wolken sind, tausend verschiedene Spielarten im Himmel. Ich spüre das Kribbeln zuerst ganz leicht in den Fingern, dann in den Armen, die Nase brennt. Ich muss die Augen reiben, meine Finger zerbröseln durch die Reibbewegung an den Augen. Meine Nase bläht sich auf. Letzte Verwarnung, schreit die Frau. Die Alarmsirene heult auf, mein Ohr schmerzt, ich greife an mein linkes Ohr. In dem Moment, in dem ich es berühre, fällt es ab. Ich bekomme keine Luft mehr, die Sirene wird immer lauter, es ist schon fast ein Läuten. Der Wecker. Es ist der Wecker. Ich atme tief durch. Ich fasse an meine Nase, an mein Ohr, kontrolliere meine Finger.

*

Ich muss dir etwas sagen, habe ich zu Zoe gesagt. Ich wollte es dir schon die ganze Zeit sagen, aber ich hab den richtigen Zeitpunkt verpasst. Kennst du das, wenn man den richtigen Zeitpunkt verpasst? Wenn man schon so vertraut ist, dass die Wahrheit mehr kränken würde als die Lüge? Wenn man nur mehr verlieren kann? Wenn sich die Frage stellt: Soll ich weiterlügen, immer weiterlügen, vielleicht kommt die Lüge ja nie ans Licht?

Nun quatsch nicht ewig rum, sagte sie.

Also, ich hab dir doch gesagt, dass ich Elsa heiße.

Ein langgezogenes Ja folgte.

Ich heiße Kira, sagte ich.

Kira? Kein Wunder, dass du lügst.

Danke bestens, sagte ich.

Kira hab ich noch nie gehört.

Ich auch nicht, sagte ich.

Von wo kommt das?

Vater hat gesagt, dass ihm das eingefallen sei. Das ist eine Abkürzung von Kiruna.

Der hatte ja einen ordentlichen Schuss, sagte sie.

Kiruna, wie die nördlichste Stadt Schwedens.

Sie sah mich ratlos an.

In Kiruna gibt es einen Raketenstartplatz. Der ist immer wieder mal im Gespräch als Abschussrampe für Weltraumtouristen.

Das schien sie nicht besonders zu interessieren, deshalb fügte ich noch hinzu, dass dort 50 Tage ununterbrochen die Sonne scheint.

50 Tage, fragte sie ungläubig. 50 Tage lange kein Sonnenuntergang, keine Finsternis, kein Sternenhimmel. Nur Sonne. Ich würde – glaube ich – nie schlafen gehen. Wie machen das die Kirunaner? Oder wie nennt man die?

Du hast wohl zu viel Star Trek gesehen, sagte ich, ohne sie von ihrem Gedankengang abzubringen.

Gehen die dann immer um die gleiche Zeit ins Bett oder gibt es welche, die völlig darauf vergessen, schlafen zu gehen? Wie bringt man die Kinder dazu, ins Bett zu gehen, wenn es keinerlei äußere Anzeichen gibt, dass der Tag vorbei ist? Haben die alle schwarze Vorhänge mit dichten Rollläden? Wie weiß man, dass man müde ist? Ich könnte mir vorstellen, dass die Nordschweden dann lernen, auf ihren Körper zu hören: Bin ich müde, gehe ich jetzt schlafen? Oder rechnen sie: Ich bin vor 15 Stunden aufgestanden, dann sollte ich jetzt langsam schlafen gehen? Da muss doch das ganze soziale Gefüge auseinanderbrechen, oder was meinst du? Wenn jeder zu einer anderen Zeit schläft? Die Nacht ist so gesehen eigentlich eine soziale Erfindung. Licht aus, schlafen!

*

Wer kann das sein, sagt Zoe, als es an ihrer Tür läutet. Zoe erwartet niemanden. Ein junger Mann mit braungebrannten Oberarmen steht vor der Tür.

Entschuldigen Sie die Störung, sagt er. Es wird Ihnen jetzt sicher komisch vorkommen, aber ich will Ihnen Schneeräumungen verkaufen.

Es ist August, prustet Zoe hervor.

Danke, aber darüber wurde ich bereits informiert, sagt der Mann frustriert. Mehrmals bereits.

Wenn ich erst im Winter komme, ist es vielleicht schon zu spät, sagt er. Nachlässig mit der Schneeräumung zu sein, kann Sie sehr teuer kommen. Der Weg bis zu Ihrem Haus, sagt er und dreht sich mit einer bedeutsam ausladenden Bewegung in Richtung Gartentor, ist überdurchschnittlich lang. Da kann schon einiges passieren. Auf diesem Weg.

Bis jetzt ist nichts passiert, sagt Zoe.

Da hatten Sie Glück, sagt er. Und damit das so bleibt, sollten Sie unser Team beauftragen, ein Abo für die Schneeräumung bestellen und für immer Ruhe haben.

So viel schneit es doch gar nicht mehr, sage ich.

Ah, Zwillinge, sagt der Mann.

Das ist das erste Mal, dass das jemand zu mir sagt.

Ich kaufe sicher keine Schneeräumung bei 35 Grad im Schatten. Sie können einem echt leidtun. Wenn Sie ein Glas Saft haben wollen, können Sie gerne hereinkommen, sagt Zoe.

Der Mann schnauft laut. Er zögert kurz, lässt dann seine Mappe mit den Prospekten sinken und kommt ins Atelier.

Einen Saft, gerne, sagt er.

Wie viel haben Sie denn heute schon verkauft, fragt Zoe.

Das ist ein Scheiß-Job, sagt er. Gar nichts. Ich bin übrigens Paul. Zoe zwinkert mir zu.

Ich hasse das. Sie zwinkert und sagt damit, der ist für dich. Den schenk ich dir.

Paul fragt Zoe, was für eine Art Kunst sie macht. Paul fragt Zoe, woran sie gerade arbeitet. Paul fragt Zoe, ob sie schon gegessen hat. Als Paul Zoe fragt, ob sie allein ist, gehe ich. Ich zwinkere ihr zu. Den schenk ich dir. Zoe sieht mich schuldbewusst an.

# 13

Sag bloß niemandem etwas davon, sagt Zoe ganz aufgeregt am Telefon.

Wovon, stelle ich mich dumm.

Das war doch überhaupt nicht geplant. Der ist einfach wahnsinnig süß, sagt sie. So etwas begegnet einem nicht oft, so viel weiß ich schon. Da muss man einfach zuschlagen.

So süß ist er auch wieder nicht, sage ich.

Es tut mir auch leid, sagt sie. Aber er ist nicht abgefahren auf dich. Das sag ich jetzt ganz wertneutral, das heißt ja auch gar nichts, das kann man einfach nicht erzwingen.

Schon gut, ich wollte ihn sowieso nicht.

Wir schweigen. Es ist ein unangenehmes Schweigen. Wir kennen uns noch nicht lange genug, um zu wissen, ob unsere Freundschaft einen Streit wie diesen überleben wird.

Hoffentlich bin ich nicht schwanger, sagt sie und legt auf.

Hoffentlich doch, denke ich und schäme mich auch gleich dafür.

Ich habe beschlossen, mir doch Notizen zu machen. Astronauten sind keine besseren Menschen. Das zu wissen, beruhigt mich. Denn ich bin kein besserer Mensch. Wenn sie mich ausgewählt haben, weil sie die menschliche Evolution voranbringen wollen, dann haben sie sich geirrt. Ich habe viele Fehler, und vielleicht sogar mehr als andere. Vielleicht versuchen sie Darwins Erkenntnisse auf dem Mars anzuwenden. Umwelteinflüsse können den Menschen verändern. Es ist möglich, den Menschen zu perfektionieren, wenn man ihn gezielt positiv beeinflusst. Das wäre doch auf dem Mars denkbar.

Ich habe angefangen, die Astronauten-Fehler in ein Notizbuch zu schreiben. Zoe will sie lesen. Vielleicht mache ich ein Kunstprojekt daraus, hat sie gesagt. Wenn ich ihr helfen kann, ist mir das recht.

## Notiz 5

Der Raumfahrer David Randolph Scott war der Kommandant der Apollo 15. Zuvor war er auf der Apollo 9 und der Gemini 8. Unter den vielen Mondastronauten wurde er vor allem für ein Experiment bekannt: Er ließ einen Hammer und eine Feder auf dem Mond fallen, und sie kamen gleichzeitig auf dem Boden des Erdtrabanten an. Das gefiel den Amerikanern. Weniger begeistert waren sie von der Geschäftstüchtigkeit des Astronauten. Er und seine zwei Kollegen nahmen 400 Briefumschläge mit Sonderbriefmarken mit auf den Mond. Zusätzlich zu den 250, die offiziell von der NASA beauftragt worden waren. Jeder Astronaut sollte dafür von einem Briefmarkenhändler 6.000 Dollar auf ein Sparbuch bekommen. Privatgepäck war zwar erlaubt, die Mondmission allerdings für private Geldgeschäfte zu nutzen, erregte dann aber doch die amerikanische Öffentlichkeit, und es gab einen großen Skandal – Stampgate.

Ich schreibe in fetten Buchstaben darunter: Habgier.

*

Ich bin im dritten Monat, sagt Zoe. Sie wartet nicht, bis ich sie hereinbitte, sondern drückt meine Tür auf, ihr Regenschirm tropft auf meinen Fußboden im Vorzimmer. Ich starre auf die Wasserlache, die immer größer wird.

Hörst du mich, fragt sie.

Ich bin wie gelähmt, wegen dem Wasser, das den Holzboden aufwölben wird, oder wegen dem, was sie gesagt hat.

Ich hole ein Handtuch, sagt sie, läuft ins Bad und stellt den Schirm in die Badewanne. Sie trocknet sich mit dem Handtuch die Haare ab, die Wasserlache bleibt.

Sie schiebt mich in mein Wohnzimmer.

Sie werden sie jetzt nicht mehr brauchen können. Sie wird ihren Anforderungen nicht mehr entsprechen. Sie wird eine Abfertigung bekommen und noch einen Packen Unterlagen unterschreiben müssen. Verschwiegenheitspflicht. Aus der Traum, wir beide auf dem Mars.

Sie wischt meinen Boden auf, und ich stehe im Wohnzimmer und verstehe gar nichts.

Sie setzt Teewasser auf.

Seid ihr zusammen, frage ich.

Kommt darauf an, wen du meinst, sagt sie und macht eine lange Pause.

Der Schneemann und ich. Sie schaut aus dem Fenster, bevor sie weiterredet. Der Schneemann und ich, das hätte doch nie funktioniert. Er hat seine Mission erfüllt, und Abflug. Das ist schon in Ordnung. Er weiß auch gar nichts davon.

Und dein Mann, frage ich.

Der freut sich auf das Kind, sagt sie. Und Sorgen wird er sich keine machen müssen.

Wegen mir nicht, sage ich.

Was bist du denn so traurig, fragt sie. Freu dich mit mir, du wirst Tante!

Aber, sage ich nur, doch sie weiß, worum es mir geht.

Schwangere und junge Mütter brauchen sie wohl keine da oben.

Nein, sage ich. Ich glaube nicht.

Verdammt, sagt sie und grinst. Jetzt musst du die Welt alleine retten.

Als sie gegangen ist, fällt es mir wie Schuppen von den Augen.

Der Schneemann, *sie* haben ihn geschickt. Sie ist raus aus dem Programm.

Was das für mich bedeutet, weiß ich noch nicht.

## Notiz 6

Ich schreibe in mein Notizbuch: Swetlana Sawizkaja. Sie war die zweite Frau im All.

Sie sollte 1986 die erste Kommandantin einer reinen Frauenmannschaft werden. Sie sollte ihr Team zur Raumstation Saljut 7 bringen, der Vorgängerstation der MIR. Doch dann wurde sie schwanger, und der Flug musste abgeblasen werden.

# 14

Was sollen wir denn auf dem Mars, frage ich ihn. Er wird sagen, er sei nicht befugt, mir das zu sagen. Er kommt immer mit langweiligen, nichtssagenden Antworten. Aber fragen will ich ihn trotzdem. Meine Stimme klingt gereizter, als ich erwartet habe.

Er hebt seine Stimme an und sagt: Wir fragen ja auch nicht, welchen Nutzen sich das Vöglein vom Singen erhofft. Wir wissen, Singen ist ihm eben eine Lust, weil es zum Singen geschaffen ist. Ebenso dürfen wir nicht fragen, warum der menschliche Geist so viel Mühe aufwendet, um die Geheimnisse des Himmels zu erforschen.

Von wem ist das, frage ich.

Das ist von Johannes Kepler. Ihrem Landsmann, sagt er.

Ein Deutscher, sage ich.

Wohl auch wahr, sagt er verärgert. Dann eben ein Deutscher mit Aufenthaltsort Österreich.

Kann ich diese Tests nicht in meiner Nähe machen, frage ich ihn. Blutabnahme, Urintest, EKG, dafür muss ich doch nicht immer extra herkommen. Was mich das Zeit kostet.

Glauben Sie mir, sagt er, Sie leisten einen kleinen Beitrag. Einen sehr kleinen Beitrag.

Mir ist er groß genug, sage ich.

Ich verstehe ihre Ungeduld, sagt er. Aber es wird sich möglicherweise bald etwas tun.

Er spricht von »Mars 500 Extended«, einer neuen Isolationsstudie. Die Mars 500-Studie wurde im Jahr 2009 zum ersten Mal durchgeführt. Am Institut für Biomedizinische Probleme in Moskau wurden Versuchspersonen für 500 Tage von der Umwelt abgeschnitten und mussten auf engstem Raum leben – ein Raum, so groß wie eine Raumkapsel. 500 Tage war der Zeithorizont für eine Mars-Mission. 200 Tage hin, 200 Tage zurück und

100 Tage auf dem roten Planeten. Mars 500-Studien wurden schon zahlreiche durchgeführt, mit wechselndem Erfolg. »Mars 500 Extended« geht von 1.000 Tagen aus. Sie soll in den USA stattfinden.

Er sieht, dass ich erleichtert aufatme.

Wir möchten aber, sagt er, dass Sie Ihren Job an der Uni kündigen und bei uns in der Organisation arbeiten. Das erleichtert die Sache wesentlich. Wenn Sie das möchten. Das ist Ihre Wahl.

Ich werde darüber nachdenken, sage ich.

# 15

Die Intensivstation. Immer dasselbe Ritual. Überschuhe anziehen. Jacke ausziehen. Mantel darüber. Kappen aufsetzen. Guten Tag, grüßte ich die Frau vom Mann im gegenüberliegenden Bett. Sie war sonst sehr freundlich, hatte immer dieses Lächeln übrig, das sagte: Wir sind Verbündete. Dieses Mal sah sie mich nicht. Sie blickte durch mich hindurch. Sie nahm ihre Jacke und zögerte einen Moment lang. Fast so, als wüsste sie nicht, wohin sie gehen sollte. Ich wusste, was das bedeutete.

Schon so oft hatte jemand vom Krankenhaus angerufen, weil sich sein Zustand verschlimmert hatte. Kommen Sie schnell, er liegt im Sterben. Doch nichts geschah. Ich starrte auf seinen Körper. Arme und Beine weggespreizt, der Bierbauch wurde nicht kleiner, ein Tuch über seinem Geschlecht. Als Kind hatte ich ihn zuletzt so gesehen, beim Baden im Freibad. Ich kannte noch immer jeden Haarwirbel auf seinem Bauch. Eigenartig, dass man sich diese Dinge merkt, dachte ich.

Mein Vater versuchte so gut wie möglich, eine ganze Familie für mich zu ersetzen. Er arbeitete viel, aber wenn er da war, war er für mich da. Er schaute gerne spätabends mit mir in die Sterne. Ich stand mit meinem geblümten Kinderpyjama auf dem eiskalten Steinboden, und er erklärte mir die Sterne. Wer weiß, sagte er, vielleicht siehst du die Erde einmal von oben, wenn ich sie schon von unten sehe. Plötzlich fielen mir Dinge ein, die mein Vater zu mir gesagt hatte und die damals keinen Sinn ergaben. Vielleicht habe ich sie mir deshalb auch gemerkt. Da draußen, sagte er oft, da draußen ist ein Mensch, der zu dir gehört wie kein anderer. Ich antwortete immer, ja, ja Papa, glaubst du noch immer an die Geschichte vom Topf und seinem Deckel? Es gibt heute einfach zu viele verschiedene Töpfe, da passt heute gar nichts mehr. Du wirst schon sehen, sagte er immer geheimnisvoll. Eines Tages wirst du noch an mich denken. Wenn wir nur alle beisammen sein könnten, sagte er oft, und ich dachte, er meinte meine Mutter, ihn und mich. Aber er sagte nie: Wenn Mutter nur bei uns sein könnte. Er sagte immer: Wenn wir nur alle beisammen sein könnten.

Nicht jeder Tag eignet sich zum Sterben. Es ist die Dunkelheit, die Sterbenden Angst macht. Vielleicht haben sie schon eine Vorahnung. Deshalb stirbt es sich in den Morgenstunden am leichtesten. Beim Sonnenaufgang, der der letzte ist. Niemand hat unendlich viele Sonnenaufgänge vorrätig. 27.375-mal kann man die Sonne aufgehen sehen, wenn man Glück hat und 75 Jahre alt wird. Aber wie oft sieht man sie wirklich? Ein Dutzend Mal im Leben? Oder noch seltener? Aber vielleicht hat man irgendwann auch einfach genug davon. Vom neuen Tag, der so viel verspricht und so wenig bringt. Der nur die Dunkelheit nimmt. Der Astronaut Buzz Aldrin soll einige Zeit nach seiner Mondlandung Angst gehabt haben, im Dunkeln zu schlafen.

Manchmal wünschte ich mir, ich könnte die Reise zum roten Planeten antreten, noch bevor Vater zu seiner Reise zu einem anderen Stern aufbricht.

Am Abend blättere ich wie so oft in meinem Notizbuch.

# Notiz 7

Der erste Notfall im All. Die »Gemini 8« startete am 16. März 1966, und schon am nächsten Tag waren die Astronauten wieder auf der Erde. Neil Armstrong hatte das Kommando. Er sollte erstmals einen Satelliten an ein Raumfahrzeug andocken lassen

– das war das erste Mal, dass zwei Raumfahrzeuge im Orbit gekoppelt wurden. Die Kopplung gelang, doch das Gespann konnte nicht mehr stabilisiert werden und drehte sich unkontrollierbar. Das Raumschiff löste sich zwar vom Satelliten, doch es drehte und drehte sich trotzdem immer schneller, die Astronauten drohten ohnmächtig zu werden. Während David Scott und Neil Armstrong um ihr Leben kämpften, waren die NASA-Experten der Leitstelle nicht erreichbar, sie waren alle gleichzeitig auf einem Bankett und amüsierten sich. Armstrong schaffte es, eine Notlandung im Pazifik einzuleiten. Die NASA verfügte, dass einige Führungskräfte immer erreichbar sein müssen.

»Hochmut« steht in Großbuchstaben darunter.

# 16

Zoes Bauch wächst. Sie ignoriert ihren Zustand noch und denkt stattdessen darüber nach, was ihr entgangen sein könnte.

Dann bist du also die Erwählte, sagt sie. Schade eigentlich. Wäre sicher spannend, so eine Expedition. Vielleicht hätten sie ja auch mich genommen.

Ich wollte mich eigentlich mit ihr beraten, ob ich meinen Job ganz aufgeben und nach Deutschland ziehen solle. Möglicherweise sogar nach Indien oder China, wie er angedeutet hat. In China laufen die Vorbereitungen zusammen, von dort soll auch der Start erfolgen, hat er gesagt. China sei derzeit die führende Weltraumnation. Ihr Weltraumbudget übersteigt das der gesamten westlichen Welt zusammen. Das ist kein Geheimnis, das ich Ihnen da verrate, hat er gesagt. Wohl nur, um sich selbst seiner Seriosität zu versichern.

Zoe spricht von einer transzendenten Erfahrung, einer kosmischen Erleuchtung, die sie nun nie wird machen können. Ein Gefühl, dem man mit Meditation oder schamanischen Reisen nur nahe kommen könne, das aber nie dasselbe Erlebnis wie eine Reise zum Mars sein könne. Ich kenne diese mystische Seite an Zoe noch nicht, wir haben noch nie über Religion gesprochen, und jetzt will ich eigentlich auch nicht darüber reden. Ich habe in den letzten Monaten einige Weltraumbücher gelesen, sagt sie, und ich bin erleichtert, dass sie das Thema wechselt. Astronauten-Biografien. Man müsse doch wissen, was da auf einen zukommt. Oder gekommen wäre, oder auf dich zukommt, korrigiert sie sich mehrmals und schaut aus dem Fenster, bevor sie weiterspricht.

Insgesamt hat es zwölf bemannte Apollo-Missionen gegeben. Zwischen Juli 1969 und Dezember 1972 landeten sechs Raumschiffe auf dem Mond, mit jeweils zwei Astronauten an Bord.

Da müsste ich erst überlegen, sage ich. Apollo 11, 12, 14, 15, 16 und 17.

Das stimmt. Das kann man überall nachlesen.

Ja, und, frage ich.

Zwölf! Sagt dir das nichts?

Nein. Zwölf, eine Zahl wie jede andere. Sieben, würde ich sagen, ist eine mythisch besetzte Zahl, aber zwölf?

Zwölf! Wie viele Apostel hatte Jesus?

Ja, schon. Aber ist das nicht ein bisschen weit hergeholt?

Wer weiß, wie viele sie auf den Mars schicken. Vielleicht bist du der erste weibliche Apostel! Die Verkünder der Erlösung und des Himmelreichs. Vielleicht sollte ich das für ein Kunstwerk verwenden. Die Apollo-Apostel. Das ist gut.

Hoffentlich gibt's nicht auch den kosmischen Judas, sagt sie noch nach einer kleinen Pause.

Ich weiß zu diesem Zeitpunkt noch nicht, wie recht sie damit haben sollte. Sie erinnert mich damit allerdings an eine Eintragung in meinem Notizbuch, die ich schon vor einiger Zeit gemacht hatte. Ich lese sie ihr vor:

## Notiz 8

Auf der Apollo 14 machte der Astronaut Edgar Mitchell auf dem Weg zum Mond ein Experiment. Er dachte zu einer festgelegten Zeit an zufällig ausgewählte Formen. Dieses geistige Bild wollte er an vier Versuchspersonen auf der Erde übertragen. Sie sollten an dieselben Formen denken wie er. Ob das Experiment funktioniert hätte, wird man nie erfahren. Denn die Beteiligten waren nicht synchron an der Gedankenübertragung beteiligt. Beim Start hatte es eine Zeitverzögerung gegeben, die nicht bedacht worden war. Edgar Mitchell verkündete später, auf seiner Reise zum Mond eine Offenbarung gehabt zu haben.

Na, bitte. Du schreibst es ja doch auf, sagt Zoe.

Ja. Auch wenn es mir dadurch noch bedrohlicher vorkommt.

Hast du sie schon beisammen, fragt Zoe.

Wen, frage ich.

Die sieben Todsünden. Die sieben kosmischen Todsünden, sagt sie.

Ich weiß nicht, sage ich. Seit wann bist du denn auf diesem Religionstrip? Ich werde übrigens bald gehen.

Wohin denn, fragt Zoe.

Sie wollen, dass ich meinen Job aufgebe und in der Zentrale arbeite.

Willst du das denn auch, fragt Zoe.

Ich gebe ihr keine Antwort, weil ich keine weiß.

Als Zoe weg ist, blättere ich in meinem Notizbuch und suche die Seite mit der Eintragung über Lisa Nowak. Ich schreibe in Rot dazu: Wollust.

Ich habe mich rasch an mein neues Leben gewöhnt. Ich habe die Zentrale seit Wochen nicht mehr verlassen. Meine Arbeit ähnelt der an der Universität. Nur, dass ich mich hier nicht um die Finanzierung kümmern muss.

Tun Sie Ihre Arbeit, hat er gesagt. Sie wissen, wie wichtig die Mikroalgen für die Mission sein werden.

Um alles andere kümmern wir uns.

Ich weiß, dass sie mich Tag und Nacht über Kameras beobachten. Ich habe mich daran gewöhnt. Meine kleine Rache ist, dass ich ihnen nichts zu sehen biete. Ich tue nichts, was für irgendjemanden interessant sein könnte. Ich tue ja nicht einmal etwas, was für mich selbst interessant ist.

Ich arbeite an der Chlorella vulgaris, die als Nahrungsmittel oder als Energiequelle dienen könnte. Im Labor nebenan habe ich einen Kollegen kennengelernt, der an einer Studie arbeitet, die einmal zur Pille für die Schwerelosigkeit führen soll. Im Vergleich zu ihm engagiere ich mich nicht besonders.

Er hat uns den Kontakt genehmigt. Sonst darf ich mit niemandem reden. Sie haben ein aufwendiges Schlauchsystem entwickelt, in dem man sich nur mit Zugangscode vorwärtsbewegen kann. Ungewollte Begegnungen gibt es hier nicht.

Diese Pille könnte Ihnen persönlich das Leben erleichtern, sagt er über die Arbeit des Kollegen und lächelt, weil ihm sein Wortwitz gefällt.

Ah, ein Witz, sage ich. Sie haben ja Humor. Sie enttäuschen mich.

Sein Gesicht erstarrt. Als hätte ich ihn ertappt.

Diese Pille wird die Welt revolutionieren, genauso wie es die Antibabypille von Carl Djerassi getan hat, sagt er.

Er hat es gehasst, wenn man sie Antibabypille nannte. Das war keine Pille gegen Babys, sondern für die Emanzipation der Frau, sage ich.

Er kann mich nicht mehr einschüchtern. Er ist eine kleine Nummer. Er hat hier nichts zu sagen. Er ist mein Betreuer und sonst nichts. Bin ich nicht mehr da, ist er auch weg.

Meine Freizeit verbringe ich in den Kojen der Bibliothek. Ich durchsuche alle Biografien der Astronauten nach Hinweisen. Die Berichte über die Mondlandungen sind am ergiebigsten. Erstens, weil viele Astronauten eingebunden waren, und zweitens, weil die Geheimhaltung im Lauf der Zeit bröckelte. Zu Buzz Aldrin mache ich mir zwei Notizen.

# Notiz 9

Buzz Aldrin, der zweite Mann auf dem Mond, bekam eine Uhr geschenkt. Vor seinem Mondflug. Omega schenkte allen Astronauten Uhren. Buzz Aldrin nahm die Uhr, und er band sie sich an den Arm. Als er nach dem Flug zum Mond berühmt wurde, verwendete Omega ein Foto von ihm und der Uhr für Werbezwecke. Aldrin klagte daraufhin Omega. Schweizer Anwälte verhinderten, dass er daraus Kapital schlug. Raffgier

Der Zwillingsalbtraum ist wieder da. Diesmal ist es ein Unfall. Zwei Motorradfahrer kommen mir entgegen, sie rutschen auf einem Ölfleck aus und stürzen. Einer rutscht mir auf der linken Straßenseite entgegen, der andere auf der rechten. Wohin soll ich fahren? Wen soll ich retten, wen überrolle ich mit meinem Wagen?

Dasselbe träume ich von einem Strand. Ich stehe bis zur Hüfte im Wasser, ein Zwilling auf meinem linken Arm, einen auf meinem rechten. Plötzlich rutscht mir einer der Zwillinge ins Wasser, wenn ich untertauche und ihn raufhole, ertrinkt der andere. Was mache ich?

Träumst du das schon lange, fragt Zoe.

Schon lange bevor wir uns kennengelernt haben, antworte ich.

Eigenartig, sagt sie.

# Notiz 10

Neil Armstrong war der erste Mensch auf dem Mond. Eigentlich wäre Buzz Aldrin ursprünglich als Erster ausgewählt gewesen. Warum dann doch Armstrong vorgezogen wurde, ist unklar. Die NASA begründete die Entscheidung damit, dass der Kommandant näher beim Ausstieg sitze. Aldrin nahm die Entscheidung hin. Als auf der Erde dann sein Fotoapparat ausgewertet wurde, stellten die NASA-Leute erstaunt fest: Aldrin hatte keine Bilder von Armstrong gemacht. Nur ein einziges Foto zeigt Armstrong: Es ist ein Bild, in dem er sich im Helmvisier Aldrins spiegelt.

Ich schreibe quer über den Rand der Notizen: Rachsucht.

Meine Recherche ist völlig sinnlos, das weiß ich. Dennoch hüte ich dieses Notizbuch wie einen Schatz. Nicht einmal Xenia, die Weltraumdesignerin, habe ich eingeweiht.

*

Ich schwitze fürchterlich. Das Visier meines Helms beginnt zu beschlagen, obwohl das eigentlich nicht passieren darf. Ich habe nicht mehr viel Zeit, doch ich kann nicht schneller laufen. Der Alarm piepst, ich erreiche in zwanzig Sekunden den Punkt, an dem der Sauerstoff für die Rückkehr nicht mehr reichen wird. Der Raumanzug klebt wie Blei an mir. Auf dem Rücken die Gesteinsproben. Ich blicke zurück zum Krater, er ist noch immer ganz nah. Der Alarm wird immer lauter, er multipliziert meinen Stress. Das werde ich am Versuchsdesign kritisieren. Das geht so nicht. Mir wird schwindlig. Endlich erreiche ich den Rover und kann mich an die Sauerstoff-Flasche andocken. Ich atme tief durch. Eine unglaubliche Kulisse, die sie hier aufgebaut haben. Ich darf mich nicht mehr so weit vom Rover entfernen, aber der

Mars zieht mich von einem Krater zum nächsten, von einem Felsen zum nächsten Berg und zu einem dahinter liegenden Canyon. Ich habe noch zwei Stunden, bevor ich mit den Gesteinsproben zurück sein muss. Sie wollen nur Gestein vom äußersten Kraterrand. Ich fahre immer weiter, bis mir plötzlich klar wird: Ich bin schon hier. Das ist keine Kulisse, das ist der Rote Planet. Irgendetwas stimmt nicht mit mir. Ich kann mich nicht erinnern, wo die Basisstation ist. Ich nehme den Helm im Rover ab und suche nach einer Karte, bis mir das GPS ins Auge fällt. Die Basisstation ist gespeichert. Ich fahre von ihr weg. Bevor ich noch wenden kann, sehe ich plötzlich Spuren im roten Sand. Es sind keine Reifenspuren, sondern tiefe Rillen, zwei bis vier tiefe Rillen, die bis zum Horizont reichen. Mir stockt der Atem, ich höre mein Blut rauschen. Denn ich erkenne ein Fahrzeug, das mir entgegenkommt. Ich bin völlig unbeweglich, kann nur auf das Fahrzeug starren, bis es unmittelbar vor mir steht. Durch die Außenbordkamera kann ich in das Cockpit sehen. Und was ich sehe, lässt mir das Blut gefrieren.

Was, was, sagt Xenia. Wir sitzen in der Kantine in einer Koje, die vor den anderen ein wenig Blickschutz bietet.

Nun sag schon, sagt Xenia.

Ich sehe mich selbst!, sage ich. Ich sehe mich, wie ich in dem anderen Rover sitze und mich anstarre.

Wer da wohl mehr erschrocken ist, sagt Xenia.

Das klingt jetzt vielleicht nicht so schlimm, aber das war furchtbar. Ich brauchte eine Stunde, bis ich wieder einschlafen konnte.

Du wirst jetzt erstaunt sein, aber den Traum kenne ich schon.

Das kann nicht sein. Du bist die erste, der ich ihn erzähle.

Doch! Und zwar von einem Mondastronauten. Charles Duke träumte vor seinem Flug mit der Apollo 16 etwas ganz Ähnliches. Er und sein Kollege waren auf der Mondoberfläche unterwegs und stießen auf fremde Reifenspuren. Sie folgten den Spuren. Schließlich standen sie einem Rover gegenüber, in dem zwei Menschen saßen, die genauso aussahen wie sie. Die Doppelgänger allerdings waren schon seit Jahrtausenden dort unterwegs. Die Spuren der Fußabdrücke von den ersten Astronauten werden Millionen von Jahren unverändert bleiben, weil auf dem Mond kein Wind weht und kein Regen die Spuren je wegwaschen könnte. Dir wird das aber nicht passieren. Auf dem Mars gibt es heftige Stürme, aber das weißt du ja.

Die Geschichte kenne ich nicht. Glaube ich zumindest, sage ich enttäuscht.

Vielleicht hast du sie ja irgendwann einmal gelesen, und sie hat sich in deinem Unterbewusstsein verankert, sagt Xenia.

Und wenn schon, sage ich. Deshalb war es doch mein Albtraum, und mich hat es gegruselt, sage ich.

Jedenfalls ist er bald danach geflogen, sagt Xenia.

# 17

Sie sagen, es geht zu Ende. Sie haben ihn schon mehrmals von der Intensivstation ins Pflegeheim verlegt und wieder zurück. Ich wurde immer darüber informiert. Zuletzt sagte der Leiter des Pflegeheims, dass sie ihn nicht mehr wegbringen würden. Das überlebt er nicht noch einmal, sagte er am Telefon.

Sie sollten jetzt wirklich kommen. Wenn Sie ihn noch sehen wollen.

Wie lange glauben Sie denn, fragte ich.

Das kann man schwer sagen, sagte der Leiter des Pflegeheims. Drei Tage vielleicht noch. Wenn überhaupt.

Ich muss um eine Sondergenehmigung ansuchen. Morgen nehme ich gleich in der Früh den Zug.

Wenn es dann mal nicht zu spät ist, sagte er.

# 18

Wieder die Stufen zum Pflegeheim. Wieder der Geruch des Todes. Mein Magen krampft sich zusammen. Ich will die schwere Eisentür öffnen, aber sie ist verschlossen. Ich muss läuten. Als ob hier jemand freiwillig hineinginge. Als ob hier jemand noch davonlaufen könnte. Es summt, und die Tür geht auf. Ich stehe in der Halle und warte. Ich will mit einer Pflegerin sprechen, bevor ich zu meinem Vater in das Zimmer hinaufgehe. Die Oberschwester kommt mir entgegen. Sie erkennt mich und reißt die Arme in die Höhe.

Mein Gott, sagt sie laut, konnten Sie nicht früher kommen?

Nein, sage ich schuldbewusst.

Wir haben ihn schon weggebracht, sagt sie.

Ich schaue betreten auf den Boden. Mir fällt gar nicht ein zu fragen, wo sie ihn hingebracht haben.

Die Schwester beruhigt sich wieder und reicht mir die Hand.

Mein Beileid, trotzdem.

Warum trotzdem, möchte ich fragen, aber in dieser Situation fängt man wohl keinen Streit an.

Danke, sage ich nur und will schon umdrehen und zur Tür gehen.

Moment, sagt die Schwester und ist außer sich. Ich brauche Sie noch.

Ach so, ja, sage ich und zeige mich willig, ihr die nächste Stunde zu gehorchen, während wir alle Formalitäten abwickeln.

Wollen Sie denn gar nicht wissen, wo er jetzt ist, fragt sie mich kopfschüttelnd.

Ich weiß, wo er ist. Er ist auf dem Mars, und ich werde ihm bald folgen, will ich eigentlich antworten. Stattdessen sage ich nur nein. Ich meine, ich weiß nicht, wo er ist, ich will es schon wissen.

Wollen Sie ihn noch sehen, sagt sie.

Ich weiß nicht, ob ich ihn noch sehen will. Ich bräuchte Zeit, um darüber nachzudenken. Ich will ihn wiedersehen, so, wie er war, bevor er krank wurde. Ich will ihn als gesunden alten Mann sehen, und nicht als Hülle, die seine leere Seele zusammenhält. Er sah so friedlich aus, so entspannt, so zufrieden. Wie können die Leute so was über ihre Toten sagen? Hilft ihnen das, die Körper der anderen loszulassen? Ich will ihn nicht sehen, auch wenn er glücklich aussehen sollte. Er war die letzten Jahre nicht mehr glücklich. Weil Glück schon eine höhere Lebensform ist, die er nicht mehr erreichen konnte. Die Schwester ist enttäuscht. Sie hätten ihn so schön hergerichtet. Ob denn vielleicht noch irgendjemand kommen würde, damit die ganze Arbeit nicht umsonst war. Ich schüttele den Kopf. Niemand wird mehr kommen. Die Schwester muss einen Anruf machen und bittet mich dann in ihr Büro. Ich muss ein paar Formulare unterschreiben.

Guten Flug, denke ich, als ich die Eisentür des Pflegeheims hinter mir zumache.

# 19

Sie haben mir freigegeben.

Ruhen Sie sich aus, hat er gesagt. Er weiß es, und ich weiß es, jetzt hat er nichts mehr gegen mich in der Hand. Ich bin zu müde, um mir zu überlegen, ob das etwas ändern wird.

Im Zug sitzt mir ein Mann gegenüber. Ich merke schon seit geraumer Zeit, dass er versucht, mit mir ins Gespräch zu kommen.

Was tun Sie denn so, sagt er.

Ich bin arbeitslos, sage ich, um meine Ruhe zu haben. Doch das ist das Stichwort, das er braucht. Er redet auf mich ein.

Ich bin froh, dass ich einen fixen Arbeitsplatz habe. Da kann nichts passieren. Fachleute wie mich werden sie immer brauchen. In der Robotik, verstehen Sie. Da kann man nicht einfach einen hinsetzen und sagen: Programmier' mir mal den Roboter. Das kann heutzutage ja kaum noch jemand. Ausbildung kostet. Die wollen doch nur abcashen. Kohle ist das einzige, was die verstehen. An ihren Schreibtischen. Keine Ahnung von dem, was wir machen. Zum Programmieren brauch ich Zeit, da kann ich nicht schneller machen. Da brauch ich Ruhe. Und dann steht der Chef auf der Matte und sagt: Was sind das für Überstunden. Sag ich: Entweder soll ich es fertig machen oder nicht. Da müssen Sie sich schon entscheiden. Programmieren braucht Zeit. Aber das kann der gar nicht einschätzen, weil er von nichts eine Ahnung hat. Ob ich mit Robotern, mit Automatisierungs- und Fertigungsmaschinen arbeite oder in einer Fabrik Holzklötze herstelle: Dem ist das einerlei. Der bekommt immer sein Batzen-Gehalt und seine Prämie. Wofür, frag ich mich nur. Dafür, dass er Leute entlässt. Früher gab es Jahresprämien für die Arbeiter. Das war das erste, was sie abgeschafft haben. Ich schreib ohnehin nur zehn Überstunden für eine Arbeit, die 15 Stunden dauert. Ein anderer braucht dafür sogar 20 Stunden. Jetzt sind wir nur mehr zu fünft in einer Abteilung, in der vor ein paar

Jahren noch 15 Kollegen waren. Muss man sich mal vorstellen. Die Arbeit ist deswegen aber nicht weniger geworden. Ist doch alles Robotik heute, in der Fertigung. Und wenn keine Jungen da sind, kann auch niemand die Arbeit übernehmen. Gut, jetzt bin ich auf Kurzarbeit. Kommt mir ganz recht. Nach all der Schufterei. Ein bisschen Auszeit. Wichtig ist nur, dass der Job sicher ist. Und das ist er. Autos werden immer gebaut. Das ist das Gute. Auch wenn's jetzt gerade mal nicht so läuft. Schauen Sie mal auf der Straße: Jeder zweite Wagen kostet mehr, als ich in einem Jahr verdienen kann. Wie sich das die Leute leisten können, macht man sich schon so seine Gedanken. Alles Leasing, sagt mein Kumpel. Die ganzen Autos, die du da siehst, gehören der Bank. Tod auf Kredit, was sonst, sagt mein Kumpel und lacht. Und die Bankenchefs und die Automanager machen das Victory-Zeichen.

Der Zug steht. Schade, sagt der Mann, war so nett, mit Ihnen zu plaudern. Ich steige, so schnell es geht, aus. Endlich Ruhe.

# 20

Wo warst du so lange, fragt Zoe.

Ich bekomme ein flaues Gefühl im Magen. Ich habe vorher nicht daran gedacht, ich habe einfach nicht daran gedacht, es ihr zu sagen.

Ich war auf einem Begräbnis, sage ich.

Wer ist denn gestorben, fragt sie.

Kennst du nicht, sage ich.

Zoes Bauch ist überdimensional groß. Sie bekommt Zwillinge.

Dann haben sie uns vermutlich nicht in vitro gezeugt, sage ich.

Glaubst du das denn, fragt Zoe. Warum sollten sie das denn tun?

Dafür gibt es tausend Gründe.

Und welche, fragt Zoe.

Zum Beispiel, um Gendefekte auszuschalten.

Gendefekte, sagt sie.

Farbenblindheit, Allergien, Autoimmunerkrankungen, Herzschwäche, so was eben.

So was hab ich nicht, sagt sie.

Eben, sage ich.

*

Was tun Sie denn hier, fragt mich ein Mann im Zentrum. Ich habe ihn noch nie gesehen. Es ist unschwer zu erraten, was ich hier tue. Wir befinden uns in der Bibliothek, und ich habe fünf aufgeschlagene Bücher vor mir auf dem Tisch liegen und mache Notizen.

Ich koche, sage ich und hoffe, ihn damit abzuwimmeln.

Das Süppchen interessiert mich, sagt er und setzt sich neben mich. Er zieht mein Buch zu sich und beginnt laut zu lesen:

# Notiz 11

Oktober 1960: Die neue Interkontinentalrakete R 16 soll am Kosmodrom Baikonur gestartet werden. Doch plötzlich rinnt aus einem Leck im Treibstofftank dampfende Salpetersäure. Der Leiter des Atomraketenprogramms Mitrofan Nedelin ist unter Druck, er will Parteichef Chruschtschow imponieren. Es darf keine Startverzögerung geben.

Er schickt Techniker zur Rakete, obwohl die Treibstofftanks vorher per Fernsteuerung entleert werden müssten. Es kommt zu einer Explosion: Alle Techniker an der Startrampe sterben, das Feuer reißt insgesamt 200 Menschen in den Tod, unter ihnen auch Nedelin.

Superbia – Übermut, Eitelkeit, Ruhmsucht.

Das ist ja interessant, sagt er. Ihre Aufzeichnungen sind nur etwas einseitig. Da hätte ich noch ein anderes schönes Beispiel von Hochmut. Allerdings auf amerikanischer Seite. Können Sie sich noch an den amerikanischen Präsidenten Ronald Reagan erinnern? SDI-Programm? Er wollte Waffen im Weltraum stationieren, um Atomraketen der Gegner abfangen zu können. 1984 sollte er eine Ansprache halten, und bei einem Mikrofontest sagte er, jetzt hätte er den atomaren Erstschlag gegen die Sowjetunion angeordnet. Der Countdown läuft, in fünf Minuten werden die Raketen gestartet. Guter Witz, oder?

So ein Idiot, sage ich und meine eigentlich ihn.

Was tun Sie denn mit dieser Todsünde?

Ich sammle sie, sage ich.

Er wartet auf eine weitere Erklärung.

Weil ich eine Arbeit darüber schreibe.

Sind Sie fürs Arbeitenschreiben nicht schon ein bisschen zu alt?

Ich sehe ihn an.

Aber fürs Kaffeetrinken sind Sie hoffentlich nicht mehr zu jung, sagt er.

Das rettet Sie jetzt auch nicht mehr, sage ich und packe meine Unterlagen zusammen.

Er bringt mir einen Automatenkaffee. Wir sitzen auf der Bank im Vorraum zur Bibliothek.

Verbringen Sie viel Zeit im Zentrum, frage ich ihn.

Ich lebe praktisch nur mehr hier, sagt er.

Er erzählt, dass er Taucher ist und die Astronauten im Übungsbecken bei ihren Arbeiten betreut. Das hätte er sich auch nicht träumen lassen, dass er einmal sein Leben in einem gekachelten Tauchbecken verbringt, statt in irgendwelchen Riffen zwischen Korallenbänken Haien nachzuschwimmen. Oder umgekehrt. Anfangs fand er das Tauchen mit den Astronauten spannend und abwechslungsreich. Er genoss es, erstmals in seinem Leben mit dem Tauchen genug Geld zum Leben zu verdienen. Man gewöhnt sich leider so schnell an das Geld und an die Sicherheit, sagt er. Und vergisst dabei seine Träume. Welche Träume hatten denn Sie, als Sie hergekommen sind?

Ich höre ihm gerne zu. Er hat eine angenehme Stimme, und er hat schöne Zähne. Seine Haut ist fahl, und er hat ein paar rote Flecken auf dem Hals. Mir wäre lieber, wenn er weiterreden würde. Deshalb frage ich ihn, was er denn in der Bibliothek verloren habe?

Sie werden es nicht glauben, aber auch Taucher lesen ab und zu ein Buch.

Ich schaue in seine leeren Hände.

Ab und zu, hab ich gesagt. Er lacht.

Ich seh schon, bei Ihnen ist Tiefseetauchen angesagt. Seltene, verborgene Spezies. Gehen Sie morgen mit mir essen?

Wenn Sie da mal nicht im Trüben fischen, sage ich noch und beiße mir auch gleich auf die Lippe, warum ich meinen Mund nicht halten kann.

# 21

Ich sitze im Restaurant und warte auf ihn. Mein Notizbuch ist aufgeschlagen, ich blättere, als er sich von hinten anschleicht und es mir aus der Hand reißt.

Sie gestatten, sagt er.

Sie sind ja wohl, sage ich, und bevor ich ausreden kann, sitzt er mir schon gegenüber und liest.

## Notiz 12

Der Russe Wladimir Komarow war der erste Mensch, der bei einem Weltraumflug ums Leben kam. Am 23. April 1967 startet er mit einer Sojus 1 in den Weltraum. Es kommt zu technischen Problemen, ein Solarpanel klemmt, und das Raumschiff kann nicht korrekt auf die geplante Position ausgerichtet werden. Der Kosmonaut leitet die Landung ein, der Funkkontakt bricht ab. Komarow rast mit 50 Metern pro Sekunde aus dem All auf die Erde zu. Die Fallschirme gehen nicht auf, und die Raumkapsel schlägt ungebremst auf den Boden auf. Der Klebstoff der Hitzekacheln hatte sich durch die Reibung beim Eintritt in die Atmosphäre gelöst und den Fallschirm verklebt. Das war das einzige Mal, dass ein Fallschirm bei einem bemannten Raumflug versagt hat.

Die Fakten sind korrekt, sagt er. Aber Ihr Blick scheint mir ein bisschen getrübt. Sie sollten sich besser die positiven Dinge, die im All passiert sind, aufschreiben. Komarow ist nicht nur der erste Tote im All, er ist auch der erste echte Freund im All. Wladimir Komarow wusste, dass sein Flug mit der Sojus 1 gefährlich werden würde. Mehr als das. Er wusste, dass er von dem Flug nicht wieder zurückkommen würde. Und dennoch flog er. Weil sonst sein Freund Juri Gagarin – der Ersatzmann – in den Tod geflogen wäre. Gagarin wiederum unternahm alles, um doch noch eingesetzt zu werden. Er wollte seinen Freund retten. Aber Komarow blieb am Steuer, und er hatte 26 Stunden im All Zeit, sich auf seinen Tod vorzubereiten, sich darauf vorzubereiten, dass er ungebremst auf die Erde aufschlagen würde. 26 Stunden auf den unausweichlichen Tod zu warten. Können Sie sich das vorstellen?

Geben Sie mir mein Notizbuch, sage ich.

Können Sie sich das vorstellen, fragt er noch einmal.

Wie soll ich mir das denn vorstellen können, frage ich genervt.

Aber worum es doch eigentlich geht, sagt er, ist, dass Menschen auch gut sein können. Mir scheint, das wollen Sie nicht mehr so recht glauben. Mit Ihrer Sammlung.

Er sieht mir tief in die Augen und gibt mir das Notizbuch mit einer ausladenden Geste über den Tisch zurück. Ich nehme das Notizbuch und weiß, dass ich jetzt den Abend retten muss.

Wenn ich es nicht glauben würde, wäre ich nicht hier, sage ich.

Das ist doch zumindest schon ein Anfang, atmet er erleichtert auf.

# 22

Zoes Bauch ist kugelrund. Sie atmet schwer, reibt sich ständig den Oberbauch. Sie kann nicht mehr alleine aufstehen, ihre Beine sind geschwollen, und sie kann kaum noch schlafen. Sie sitzt auf der Couch in ihrem Atelier und beklagt sich, dass ich ihr erst jetzt sage, dass mein Vater gestorben ist. Unser Vater.

Da können wir nicht sicher sein, sage ich.

Hat er uns denn gar nicht ähnlich gesehen, fragt sie.

Doch, sage ich.

Aber dann hat mein Vater noch gelebt, als wir uns kennengelernt haben.

Ja, aber er hätte dich nicht mehr erkannt. Er lag schon lange im Wachkoma.

Und deine – ich zögere, es zu sagen – unsere Mutter: Ist sie wirklich tot?

Mutter ist vor ein paar Jahren gestorben. Schlaganfall.

Wie war sie denn, frage ich.

So wie ich, sagt sie. Ich hoffe, das ist keine zu große Enttäuschung für dich.

Na ja, sage ich.

Wir trinken Tee. Ich schaue mich in ihrem Atelier um und suche nach einem Foto ihrer Mutter. Ich wage nicht, sie danach zu fragen. Sie bemerkt, wie mein Blick im Raum umherschweift.

Ich hab keines hier, sagt sie. Und du?

Nein, sage ich.

Was hat denn dein Mann gesagt, frage ich sie.

Er hat gefragt, ob du auch so verrückt bist wie ich, weil sonst hätte er besser dich geheiratet.

Und was hast du gesagt, frage ich.

Dass ich froh bin, dass es von ihm keinen Zwilling gibt. Wir reden aber eigentlich zurzeit nicht so viel. Ich glaube, er ahnt was und hat Angst, dass ich es anspreche.

Und, wirst du was sagen, frage ich.

Ich bin zwar verrückt, aber nicht so. Warum hast du es mir nicht gesagt, fragt sie.

Ich habe nicht daran gedacht, sage ich.

Wie kannst du nicht daran denken. Weißt du, wie wichtig das für mich gewesen wäre?

Nein, sage ich ehrlich.

Bei dir haben sie aber auch einiges falsch gemacht, sagt sie.

Zoe deutet mir, dass ich ihr beim Aufstehen helfen soll. Ich hieve sie hoch, sie geht aus dem Zimmer. Ich höre sie noch immer laut schnaufen.

Ich schlafe heute hier, ruft sie herein. Ich weiß nicht, ob ich bleiben oder gehen soll. Ist sie mir böse? Ich kann das so schwer beurteilen, nie weiß ich, was die anderen denken.

Mach dir keine Sorgen. Es wird schon nicht gleich heute losgehen, sagt sie und wirft mir eine Decke hin. Sie legt das Handy auf den Tisch.

So, sagt sie. Jetzt haben wir Zeit. Ich koche erst mal Spaghetti für uns.

Das mach ich schon, leg du dich ruhig hin, sage ich und suche schon nach Töpfen in ihrer Küche.

Ich beobachte, wie sie die Spaghetti nur ansatzweise um die Gabel wickelt und die viel zu schwer beladene Gabel im Liegen in den Mund stopft.

Was schaust du so, sagt sie und schiebt sich die restlichen Spaghetti mit dem Finger in den Mund.

Das ist doch völlig verrückt, sage ich.

Bin ich dir nicht fein genug, fragt sie.

Nicht die Spaghetti! Das mit uns! Glaubst du, dass sie uns getrennt haben?

Wer sie, sagt sie und schmatzt laut. Ich habe in letzter Zeit so einen Heißhunger. Ach so, deine SIE? Aber wie sollten sie das denn …

Das wäre doch möglich.

Möglich schon, aber was hätten sie davon?

Wir schweigen. Ich beginne den Tisch abzuräumen. Ich kann keinen klaren Gedanken mehr fassen. Ich will so viel über sie wissen, über uns, über unsere Mutter. Und doch könnte ich jetzt keine Geschichte von ihr ertragen. Ich muss erst meine eigene Geschichte meiner Mutter, die vielen erfundenen Geschichten aus meinem Kopf verbannen, bevor dort neue Geschichten Platz finden können. Zoe scheint es ähnlich zu gehen, wir flüchten uns deshalb in ein vertrautes Gesprächsthema.

Wen würdest denn du für eine Kolonisierung aussuchen, fragt Zoe.

Ich weiß nicht. Bei den Apollo-Astronauten waren alle Commander die ältesten Söhne ihrer Familie. Die haben sich am besten durchgesetzt.

Willst du einen Planeten mit lauter schrägen Buzz Aldrins haben?

Nein. Aber vielleicht läuft es so wie bei der Kolonisierung ganz normaler Länder, die Eroberung Amerikas zum Beispiel. Welche Leute sind denn damals nach Amerika ausgewandert?

Die Loser. Die, die nichts zu verlieren hatten. Die Armen ohne Land und ohne Zukunft, sagt Zoe. Loser!

Danke, selber.

Oder es waren Leute mit dem falschen Glauben.

Denkst du, der Glaube wird eine Rolle auf dem Roten Planeten spielen? Müssen es gläubige, gottesfürchtige Menschen sein, die einen neuen Planeten besiedeln?

Wenn, dann sollten sie aber alle den gleichen Glauben haben, sonst gibt's schnell ein Problem.

Der Rote Moslem-Planet vielleicht?

Ich bin für Buddhisten. Rot und orange, das passt doch schon, sagt Zoe.

Red Buddha Planet!

Das gefällt mir, sagt Zoe.

War Mutter gläubig, frage ich. Wie war sie denn so?

Sie hatte immer große Pläne. Sie war nie wirklich auf dem Boden. Aber gläubig … glaub ich nicht. Großvater und Großmutter haben sie oft geschimpft, weil sie so verrückte Sachen gemacht hat. Sie ist mit mir zum Malen auf einen Vulkan gefahren, zu Spielefesten nach Italien, zum Kinder-Contest in Irland, zum Trommel-Workshop, zum Elefantenreiten, zum Delfinstreicheln, alles Mögliche. Sie hat für mich die tollsten Kinderfeste geschmissen, ich war deswegen sehr beliebt. Jeder wollte auf meine Party.

Du hattest Großeltern?

Ja, klar. Du denn nicht?

Ich hatte eine Großmutter, sage ich.

Was hat Mutter denn gearbeitet, frage ich.

Nichts. Sie hat nie gearbeitet. Aber wir hatten immer genug Geld. Glaube ich. Sie hat viel geerbt, hat sie einmal zu mir gesagt. Aber von wem, weiß ich nicht, denn Großvater hat damals noch gelebt.

Habt ihr nie über Vater geredet, frage ich.

Nein, nie.

Wir haben schon manchmal über Mutter geredet. Ich hab gedacht, sie ist bei meiner Geburt gestorben.

Das ist gemein, sagt sie.

Warum, frage ich.

Weil du mit einem schlechten Gewissen aufwachsen musstest.

*

Ich sitze wieder in der Bibliothek. Meine Aufzeichnungen beruhigen mich. Ich habe eine Zwillingsschwester, ich habe einen Verehrer, ich habe plötzlich ein Leben, und ich habe überhaupt keine Ahnung, wie ich mit all dem fertig werden soll.

Der Taucher ist mir aber irgendwie verdächtig. Vielleicht haben sie ihn geschickt, um mich aus dem Programm zu bekommen. Genau wie bei Zoe. Schicken einen Schneemann und einen Taucher! Sie haben ihn sicher geschickt. Sie schicken immer jemanden. Warum ist mir das bloß nicht früher aufgefallen? Was bin ich doch naiv! Wie er sich an mich herangepirscht hat, das hätte mir gleich auffallen müssen! Wieso sollte jemand wie er an mir Interesse haben? Die kriegen wir, wie wir alle Frauen kriegen, werden sie gesagt haben. Schicken wir ihr einen Muskelprotz, das hat noch immer funktioniert! Nach all dem Training noch immer so leicht zu manipulieren, werden sie lachen. Da habt ihr euch aber geirrt! Mit mir nicht! So kurz vor dem Ziel werdet ihr mich nicht mehr los. Ich trainiere doch nicht jahrelang, um dann ein langweiliges, unbedeutendes Leben zu haben. Mich bekommt ihr nicht mehr raus, ich bin im Programm, und ich bleibe im Programm!

Ich merke erst jetzt, dass ich vor mich hin schnaube. Eine Kollegin in der Tischreihe fixiert mich schon. Ich schnaube einmal, zweimal, dreimal tief durch, versuche ruhiger zu werden. Stehe kurz auf und gehe ein paar Schritte zwischen den Regalen, dann setze ich mich wieder.

Ich habe mehrere Standardwerke vor mir liegen, und ich recherchiere im Internet. Ich arbeite an der Katastrophe der Raumfähre »Columbia«. Das wird ihn interessieren. Was ich mir immer alles zusammenreime, denke ich. Er ist keiner von ihnen, und wenn schon, wie schön es wäre, wenn er mir jetzt wieder über die Schulter schauen würde.

# Notiz 13

Bei der Explosion der Raumfähre Columbia am 1. Februar 2003 kamen sieben amerikanische Astronauten beim Wiedereintritt in die Erdatmosphäre ums Leben. Ilan Ramon, der erste israelische Astronaut, war unter ihnen. Ramon führte ein Tagebuch. Zwei Monate nach dem Absturz wurde das Tagebuch gefunden. Ein indianischer Fährtenleser soll es entdeckt haben. Ein Wunder, hieß es. Das Papier hatte Regen und Regenwürmer überlebt. Der Ort war ein zweites Zeichen: ein Feld in Palestine, Texas. Kein Zufall, hieß es. Es dauerte zwei Jahre, bis die zum Teil verkohlten und vergilbten Papierfetzen wieder lesbar waren, Forensiker hatten sie mit modernster Technik zusammengesetzt. Rund 30 Seiten sind in hebräischer Schrift erhalten. Was hatten sich die Menschen nur von diesem Tagebuch erhofft? Von diesen letzten Worten im Weltraum? »Today was the first day that I felt that I am truly living in space. I have become a man who lives and works in space.« Ramon schrieb das an seinem sechsten Tag im Weltraum.

Was müssen die Experten doch enttäuscht gewesen sein, als sie diese belanglosen Zeilen lasen, Zeilen, für die sie monatelang gearbeitet hatten. Doch dann entdeckten sie ein paar geheimnisvolle Worte, die sie nicht deuten konnten. So lange, bis sie sie einem Hebräisch-Professor zeigten. Was hätte es Besseres geben können als ein Tagebuch, in dem Gebete notiert sind? Unter anderem Schabbath-Kiddusch, Segnungssprüche für Wein. Er hatte auch koscheres Essen mitgenommen. Ramon gilt deshalb als Symbol für das Überleben des israelischen Glaubens. So konnte seinem Sterben doch noch ein Sinn gegeben werden. Dem Taucher würde diese Geschichte gefallen.

*

Ich habe ein neues Projekt, schreibt Zoe. Ich bin Autorin. Ich schreibe jetzt nicht mehr die Texte für andere, ich schreibe gar keine mehr. Ich bin Autorin, ohne zu schreiben. Ich kündige Titel im Internet an, tolle Titel, und kündige an: erscheint demnächst!, oder: bereits vergriffen!, oder: demnächst wieder erhältlich. Meine Bücher gehen nicht schlecht, kann ich dir nur sagen. Ich werde weiterempfohlen. Kunden, die diesen Artikel gekauft haben, haben auch dieses und jenes gekauft. Ich habe auch schon interessante Rezensionen, größtenteils sehr positiv. Vor Kurzem hat mir eine Journalistin geschrieben, dass sie ein Interview mit mir machen möchte. Zum Thema meines neuen Buches. Und sie hat geschrieben, dass ihr das Buch sehr gut gefallen hat. Ich habe übermorgen einen Termin mit ihr. Und das Tolle ist: Ich brauche ihr nicht einmal das Buch mitzubringen, sie hat es ja schon gelesen!

# 23

Sie sind so weit, fragt er mich.
Ich habe keine Ahnung, was er damit meint.

Sie werden an unserem Isolationsexperiment Mars 1000 teilnehmen. Ich konnte sie ins Team bringen, was ich mir als großen Erfolg anrechnen darf. Die Konkurrenz war wirklich stark.

1.000 Tage, sage ich. Das ist doch Wahnsinn.

Wie meinen Sie das, fragt er.

Ich will hier nicht weg, sage ich.

Hören Sie, sagt er, das ist eine einmalige Chance. Das ist Ihre Chance, in die Geschichte der Weltraumfahrt einzugehen, wenn nicht sogar die Menschheitsgeschichte zu prägen. Sie werden die erste Frau sein, die auf dem Mars lebt. Sie werden in die Annalen der Frauengeschichte eingehen. Sie werden die erste Frau sein, die auf dem Mars lebt und arbeitet.

Die erste, sage ich. So wie die erste Frau, die Achtlinge zur Welt brachte? Die erste Frau, die mit 67 Jahren ein Kind bekam? Die erste Frau, die wegen der Beschneidung bei der Geburt starb? Die erste Frau, die 110 Jahre alt wurde? Ist es wichtig, irgendetwas als Erste gemacht zu haben? Kennt diese Frauen irgendjemand? Die erste Frau, die im All war?

Walentina Tereschkowa kennt jeder, sagt er beleidigt. Die erste Frau, die auf dem Mond landen wird, wird genauso berühmt werden. Das sind ganz seltene historische Gelegenheiten.

Nur werden wir ja nicht wirklich auf dem Mars landen, sage ich.

Das stimmt allerdings, räumt er ein.

Und die Besatzung der ersten Isolationsstudie – wer bitte kennt die, frage ich.

Ich kenne sie, sagt er.

Ja, Sie, aber sonst niemand.

Das kann ich nicht beurteilen, meint er und spricht nach einer Pause weiter. Aber ich weiß eigentlich gar nicht, warum ich hier mit Ihnen diskutiere, ich muss Sie nicht überzeugen.

Müssen Sie nicht, frage ich.

Nein, sagt er mit eisiger Miene. Sie werden so oder so teilnehmen.

# 24

Komm, sagt Zoe ganz aufgeregt am Telefon. Es geht los. Ich fahre ins Krankenhaus, ihr Mann geht auf mich zu.

Es dauert noch, sagt er. Ich muss gleich wieder rein.

Ich werde hier warten, sage ich.

Zoe wird Sie dann gleich sehen wollen, sagt er.

Ich setze mich auf die weißen Plastiksessel und warte.

Nach drei Stunden kommt er verschwitzt und mit einem verzweifelten Blick aus dem Kreißsaal.

Zoe sagt, ich soll es Ihnen gleich sagen.

Ich nicke nur, hoffe, dass er sofort weiterredet.

Es gab Komplikationen. Er runzelt die Stirn. Unerklärliche Komplikationen.

Sie mussten ein Baby wegbringen.

Wie, wegbringen, frage ich.

Nur ein Kind ist gesund, sagt er und atmet tief ein. Ich kann sehen, wie ihm die Tränen in die Augen schießen.

Und Zoe, frage ich.

Zoe geht es den Umständen entsprechend gut. Sie ist völlig erschöpft. Wir müssen sie jetzt schlafen lassen.

Ich setze mich eine Weile hin und starre ins Leere. Die Krankenschwestern quietschen mit ihren Gummischuhen auf dem Marmorboden. Eine keuchende Frau in einem Rollstuhl wird vorbeigeschoben. Ein Mann läuft mit einer Sonnenblume im Topf unter dem Arm den Gang entlang. Eine Schwester fängt ihn ab, er muss ihr den Topf geben.

Nach einer Stunde darf ich endlich ins Krankenzimmer.

Zoe hat dunkle Ringe unter den Augen, ihr Bauch ist noch so dick wie zuvor.

Schau, sagt sie traurig und hält ein runzeliges Baby im Arm, deine Nichte.

Sie ist wunderschön, sage ich.

Ja, sagt sie. Wunderschön.

Was ist denn passiert, frage ich.

Zoe schaut aus dem Fenster und dann in die Augen der Kleinen.

Es gab Komplikationen.

Ist es, ich wage nicht zu fragen, aber ich muss es wissen, ist es, ist sie, das andere Kind, ist es …

Zoe sieht mich nur an und sagt nichts.

Wer weiß das schon, sagt sie und küsst die Kleine auf die winzige Stirn. Zoes Augen sind sehr trüb, als ob sie auf Drogen wäre.

## Notiz 14

Anna Lee Fisher flog 1984 in den Weltraum – sie war die erste Mutter im All. Fisher beschloss, eine kleine Pause für die Familie zu nehmen: Sie nahm sich acht Jahre Auszeit, um sich um ihre Kinder zu kümmern.

# 25

Es ist schwierig, ihn zu erreichen. Ich muss ihm eine Nachricht hinterlassen, meinen Code nennen und angeben, um welche Dringlichkeitsstufe es sich handelt. Nach zwei Stunden meldet er sich endlich. Ich sage nur: Ich mache es. Er sagt: Ich werde das so weitergeben. Ich schreie: Sofort, und sorgen Sie dafür, dass dem Baby nichts passiert. Er sagt: Welches Baby. Ich sage: Tun Sie nicht so, das wissen Sie genau. Er sagt: Welches Baby. Ich sage: Das darf nicht noch einmal passieren. Er legt auf.

Ich fahre, so schnell ich kann, zum Krankenhaus, am Gang zur Neugeborenenstation treffe ich ihren Mann.

Was ist mit dem zweiten Kind, frage ich. Wissen Sie schon, was es hat?

Das ist bei Untersuchungen, sagt er. Aber es sieht gut aus. Es war nur ein Verdacht. Ihr Herz. Sie wollten auf Nummer sicher gehen. Sie ist gesund. Ein gesundes Mädchen. Wir haben zwei gesunde Mädchen.

Das ist schön, sage ich. Ich gratuliere dir.

Danke, sagt er. Zoe geht es heute schon viel besser, magst du sie sehen?

Zoe sieht tatsächlich viel besser aus. Sie hält eines der Babys im Arm und grinst mich an, als ich ins Zimmer komme.

# 26

Die Bibliothek ist mein Lieblingsort. Die Bücher strahlen für mich eine Ruhe aus, die ich sonst nur kenne, wenn ich aufs Meer hinausschaue. Ich streife mit den Fingern über die Buchrücken und denke daran, wie viele Menschen all ihre Energie und Kraft in diese Bücher gesteckt haben. Wie viel Lebenszeit in diesen Büchern steckt. Ob ich Bücher in die Isolationsstudie mitnehmen darf? Und wenn ja, welche soll ich mitnehmen?

Es gab eine Astronautin, die als Leseratte in die Geschichte der NASA einging. Sie verschlang massenweise Bücher in ihrer Freizeit im Weltall: die Astronautin Shannon Lucid. Sie hatte sich bei der Auswahl ihrer Lektüre auf ihre Töchter verlassen: Die beiden wussten, welche Bücher Mutter lieben würde. So verschlang sie das erste Buch aus dem Astronautengepäck. Doch das Buch endete damit, dass der Held, der von einem erzürnten Mob verfolgt wurde, durch einen Spiegel flüchtete. Fortsetzung in Teil 2. Und wo war Teil 2? Jedenfalls nicht im Gepäck. Konnte ich schnell in den Buchladen laufen und mir Teil zwei besorgen, fragte Shannon Lucid in ihrem Tagebuch von der Raumstation MIR. Nein! Was für ein Gefühl der Frustration und der totalen Isolation. Wie konnten einen doch erwachsene Kinder mit einer Aktion frustrieren, die eigentlich gut gemeint war, schrieb sie.

Vielleicht ist es ja die Gedankenlosigkeit, die am meisten anrichtet. Aber wer würde schon eine Überraschungslektüre für mich zusammenstellen? Niemand. Vater hätte mir sicher ein anspruchsvolles Paket geschnürt. Aber ich glaube nicht, dass wir Bücher auf der Isolationsstation haben werden. Sie werden uns sicher E-Books geben. Wäre idiotisch, wenn nicht. Ich ärgere mich ein wenig über meine Nostalgie. So bin ich nicht erzogen worden. Vater hasste es, wenn jemand in Erinnerungen schwelgte. Er wollte nie über Vergangenes reden. Wir leben nur in eine Richtung, sagte er oft, wir leben nach vorne, und sonst nirgendwohin. Zweieinhalb Jahre.

Es ist, als ob ich in Haft wäre. Als ob ich etwas verbrochen hätte und im Gefängnis wäre. Dann werde ich zurückkommen, und alles wird nie so sein, wie es hätte sein können. Aber vielleicht hätten sie gar nicht gewollt, dass ich Teil ihrer Familie bin. Dann wäre ich ohnehin wieder allein gewesen. Familienbande. Von wegen. Vater hat mich auch immer allein gelassen. Ich muss weg, sagte er. Beruflich. Na klar. Das konnte ich schon verstehen. Aber ich konnte nicht verstehen, dass ich nicht schuld war, wenn er wieder ging. Das nächste Mal werde ich alles richtig machen, versprach ich mir von einer Hand in die andere. Du musst braver sein.

Das Notizbuch liegt ganz warm in meiner Hand. Es gibt niemanden, der alles richtig macht. Niemanden.

Na, so dunkle Gedanken, sagt er. Es ist der Taucher, er schleicht schon wieder in der Bibliothek herum.

Ich schleiche hier schon wieder herum, sagt er, als ob er meine Gedanken lesen könnte, ganz ohne Buch!

Erwischt, sage ich. Sie sollten sich wenigstens eines zur Tarnung aussuchen. Am besten ein dickes.

Danke für den Tipp, sagt er, deshalb haben Sie wohl wieder so viele dicke Bücher um sich herumliegen?

Genau, sage ich. So lässt es sich am besten träumen.

Träumen, sage ich. Wie komme ich denn auf so was. Ich träume doch nie. Tagträume sind mir schon als Kind ausgetrieben worden. Nutze den Tag, sagte Vater immer. Vater baute gerne Buchtitel oder Zitate in seine Reden ein, wenn ich eines erkannte, schrie ich laut und bekam dafür eine Belohnung. Horaz! Ja! Geträumt wird in der Nacht. Fast hätte ich Vaters Standardsatz wiederholt, Gott wie peinlich.

Dann wünsch ich weiterhin schöne Träume, flüstert er. Keine Katastrophen. Keine Unfälle. Keine Missgeschicke. Betonung auf schön!

Hab's schon verstanden, sage ich.

Ich bin schon wieder viel zu unfreundlich. Doch er zappelt noch ein wenig vor meinem Tisch herum. Er ist gar nicht so dünn, wahrscheinlich hat er so viele Muskeln, oder er ist etwas übergewichtig, ich könnte es jetzt nicht sagen.

Sehen wir uns, fragt er.

Ich kann diese Art von Konversation eigentlich gar nicht führen. Flirt. Das Spiel mit den Möglichkeiten. Ich kann das nicht, und ich will es auch nicht.

Sehen wir uns, fragt er. Er sieht mir in die Augen und fragt: Sehen wir uns? Er hat sehr schöne Augen.

Ja, sage ich nur.

Gut, sagt er. Wie lange brauchen Sie hier noch?

Eine Stunde, sage ich.

Ich hole Sie in einer Stunde hier ab, genau hier.

O.k., sage ich.

Er zieht seine Jacke aus und wirft sie sich über die Schulter. Definitiv Muskeln.

Und was soll ich jetzt eine Stunde lang hier machen?

# 27

Der Taucher erklärt mir ausführlich, wie Apnoetauchen funktioniert. Er war früher Streckentaucher mit Flosse. In der Halle. Nahe am Weltrekord. Das bringe ihm heute noch viel, er könne seine Atmung steuern. Das sei gar nicht so leicht. Und das könne auch nicht jeder. Er würde mir das gerne mal im Wasser zeigen. Ich hatte immer gedacht, Apnoetauchen gehe ganz tief nach unten. In die finsteren Regionen des Meeres. Es gibt beides, sagt er und wirkt ein wenig enttäuscht, dass ich mich mehr für das Tieftauchen interessiere. Nein, nein, sage ich. Ich finde beides spannend. Er schiebt die Gläser beiseite und beugt sich vor. Aus irgendeinem Grund muss er sich wohl mehr ins Zeug legen. Vor dem Tieftauchen hätte er immer zu viel Angst gehabt, aber das habe er noch nie jemandem erzählt. Eine unerklärliche, unbewusste Angst. Wieso unerklärlich, frage ich. In diesen Tiefen. Ja, schon, sagt er, aber ein Taucher, der vor der Tiefe Angst hat ...

Das ist wie ein Astronaut, der vor der Unendlichkeit Angst hat, sage ich. Genau, sagt er. Ein Taucher kann trainieren, sage ich. Ein Astronaut auch, sagt er. Ein Astronaut kann auch versuchen, die Unendlichkeit zu berechnen, sage ich. Das macht sie irgendwie realer.

Wir reden noch lange an diesem Abend. Zu Hause starre ich die restliche Nacht an die Decke, auf der sich die Scheinwerferlichter kreuzen, und denke nur noch an eines: Ich muss in die Isolation.

# 28

Er holt mich um 8 Uhr morgens in meiner Wohnung ab. Wir werden uns darum kümmern, sagt er, und ich weiß nicht, ob das heißt, dass er die Wohnung auflösen oder weiterbezahlen wird. Ich habe meinen kleinen Reisekoffer gepackt und sonst nichts.

Geben Sie mir Ihren Pass, sagt er.

Wir fahren zum Flughafen. Dort müssen wir uns weder bei der Gepäckaufgabe noch bei der Sicherheitskontrolle anstellen. Wir werden von einem Flughafen-Mitarbeiter in Uniform begleitet.

Wohin fliegen wir denn, frage ich.

Wir fliegen nach Kourou, sagt er.

Wo ist denn das, frage ich.

Französisch-Guyana, sagt er.

Ich sehe ihn fragend an.

Südamerika, sagt er. Wir fliegen zum Weltraumbahnhof Kourou. Dort haben wir die Isolationsstation aufgebaut.

Wieso denn dort, wir tun doch nur so, als ob wir fliegen, frage ich.

Natürlich, sagt er. Aber wir wollen doch alles so realistisch wie möglich gestalten. Wir haben dort die ganze Infrastruktur für das Prozedere beim Start – beim simulierten Start, versteht sich – und wir haben eine der Kommunikationszentralen für die gesamte Zeit des Versuchs gebucht.

Ist dort nicht die Teufelsinsel, frage ich.

Das ist die Nachbarinsel, sagt er. Da können Sie ja dann nach der Studie Urlaub machen.

Vielen Dank, sage ich.

Er nimmt eine Zeitschrift und taucht in ihr ab.

Ich tue so, als ob ich schlafen würde. Wie bin ich nur in diese Situation gekommen? Hätte ich eine Chance gehabt, auszusteigen? Wann? Als Vater im Pflegeheim war? Ich hätte es vielleicht auch ohne ihre Hilfe geschafft. Gestorben ist er auch in diesem teuren Heim. Hab ich es überhaupt für ihn getan? Vielleicht war ich all die Zeit einfach nur egoistisch? Ich hatte keinen Ärger mehr mit Vater, ich bekam das Forschungsprojekt, sie hatten sich um alles gekümmert … Ich war so egoistisch. Und was hat es mir gebracht? Jetzt habe ich kein eigenes Leben mehr.

Stunden später wache ich durch Bodenerschütterungen auf.

Wir sind da, sagt er.

Ich folge ihm schweigend. Es ist drückend heiß, ein schwarzer Mietwagen wartet auf uns, und wir fahren an Palmenstränden und an einem alten Leuchtturm vorbei.

Wunderschön, sage ich.

Ich studiere jede Palme genau, versuche mir die Menschen einzuprägen, wie sie sich bewegen und lachen. Sie küssen und umarmen sich. Das alles werde ich lange Zeit nicht mehr sehen. Der warme Wind auf meinem Gesicht und der Geruch des Meeres.

# 29

Wow, entfährt es mir unwillkürlich. So viel Begeisterung wollte ich eigentlich nicht zeigen. Aber der Bioreaktor ist umwerfend, der größte und komplexeste, den ich bisher gesehen habe. Ich stürze mich in meinem dünnen weißen Schutzanzug und den Stoffkappen über den Schuhen in den riesigen Maschinenraum.

Langsam, sagt er lachend. Den nimmt Ihnen niemand weg.

Schläuche und Rohre durchziehen den Raum wie ein Labyrinth, Druckventile, Temperaturanzeigen, Filteranlage und Lüftungsrohren in jeder Ecke.

Das ist das Herz der Versuchsanlage, sagt er.

Der Bioreaktor erinnert mich an die Beatmungsmaschine auf der Intensivstation. Er ist wohl zehn Mal so groß wie mein Labor an der Universität.

Und jetzt ist es Ihr Space-Garden, sagt er.

Ich sehe mir die Gurken und Tomaten in der Nährstofflösung in den Inkubatoren an, den Salat, die Erbsen, die Erdbeeren, und muss an mein Gespräch mit Zoe denken.

Ist das im All gezüchtete Gemüse nicht giftig, hat sie gefragt.

Das weiß man nicht, habe ich geantwortet.

Führt die kosmische Strahlung zu Mutationen, sodass die Pflanzen dann gar nicht mehr wachsen können?

Weiß man nicht, habe ich geantwortet.

Wie passen sich die Pflanzen im All an, wie wachsen die Wurzeln denn, wenn es keine Schwerkraft gibt, wachsen sie dann in alle Richtungen?

Weiß man nicht, konnte ich nur sagen.

Na, viel hast du bisher noch nicht herausbekommen, hat sie gesagt.

Ich bin Algen-Expertin, habe ich zu ihr gesagt. Kein Kartoffelbauer. Mein Blick wandert zu den Kartoffeln und Süßkartoffeln.

Ich darf Ihnen Frau Kurkov vorstellen, sie hat die Anpflanzung bis jetzt betreut.

Ist das Zwergweizen, frage ich sie gleich, weil ich vor dem Inkubator stehe.

Ja, sagt sie.

Hervorragende Arbeit, sage ich zu ihr.

Danke, sagt sie.

Wir hatten wirklich Mühe mit dem …, hebt sie an, doch er fährt sofort dazwischen und sagt, dass wir uns jetzt »Melissa« zuwenden werden.

Oh, mein Gott, kreische ich peinlich, Melissa ist auch hier!

Das ist Modul 1, sagt sie und geht voraus. Hier spalten wir das organische Material bei 55 Grad.

In Fettsäuren, Mineralien, Ammonium, sage ich. Sie grinst, während sie uns zu Modul 3 und 4 bringt und uns erklärt, dass hier die Bakterien aus den Ammoniumverbindungen Nitrat erzeugen, das als Dünger verwendet werden kann. Vor Modul 4 bleibt sie stehen.

Die Blaualge wächst hier, sagt sie.

Arthrospira platensis, sage ich.

Sie nickt, und zu ihm gewandt erklärt sie, dass hier Sauerstoff erzeugt wird. Blaualgen sind zwar Bakterien, aber sie können Lichtenergie verwerten. Sie nehmen Kohlendioxid auf und geben Sauerstoff ab. Die Photosynthese funktioniert wie bei Pflanzen. Sie brauchen nur genügend Licht. Sie zeigt auf die Lampen und greift in die Algen. Sie gibt ihm eine Blaualge und hält sie ihm vor die Nase.

Kosten Sie, sagt sie.

Bin ich verrückt, fragt er.

Probieren Sie's, sagt sie.

Auf keinen Fall, sagt er.

Die haben wertvolle Omega-3-Fettsäuren, sage ich und stecke sie mir in den Mund.

Hervorragende Qualität, sage ich zu ihr.

Er schaut mich an und verzieht den Mund.

Dann wird's da oben einen Blaualgen-Garten geben, hat Zoe gesagt.

Das Licht ist das Problem, habe ich zu Zoe gesagt.

Warum, hat sie gefragt. Da gibt's doch mehr als genug Sonne, da oben?

Ja, schon, aber dann müsste man eine durchsichtige Wand einziehen, habe ich ihr erklärt. Jetzt sind an allen Wänden Solarzellen, um möglichst viel Strom zu gewinnen. Und für die Astronauten wäre so ein Wintergarten gar nicht so ungefährlich. Denk bloß an den deutschen Astronauten Thomas Reiter. Er holte sich einen heftigen Sonnenbrand – und zwar beim Duschen auf der MIR. Das ungefilterte Sonnenlicht schien ihm nur 30 Sekunden auf den nackten Arm.

Wie konnte ich das bloß vergessen, hat sie gesagt und gelacht. Aber sobald ihr auf dem Mars seid, habt ihr ja dann genügend Platz.

Kirkov zeigt auf die Zwiebeln und grinst.

Mal sehen, wie lange sie halten, sagt sie.

Ich grinse ebenfalls. Er kennt sich überhaupt nicht aus. Das gefällt mir, wenn er einmal der Dumme ist. Ich darf nicht vergessen, später eine Notiz zu machen.

## Notiz 15

Walentin Lebedew schreibt in seinem Tagebuch, dass Zwiebeln auf die russische Raumstation Saljut gebracht wurden, um biologische Experimente durchzuführen. Die Kosmonauten berichteten der Bodenkontrolle laufend, wie toll die Zwiebeln wachsen. Das war das erste Mal, dass Zwiebeln im All hervorragend gediehen. Doch die Kosmonauten hatten gelogen: Sie hatten die Zwiebeln schon längst aufgegessen.

Ich werde Sie jetzt durch alle Module der Isolationsstation führen, sagt er.

Ich nehme die Schutzkappe vom Kopf. Er lässt seine noch auf.

Wir beginnen mit dem Habitable-module.

Die Küche, sage ich und klemme mich in einen der Sitze. In der Schwerelosigkeit wäre es wichtig, dass es so eng ist, damit man nicht abhebt, aber auf dem Boden ist es einfach nur unbequem.

Ich seufze.

Er führt mich weiter.

Die Schlafkabinen sind nicht gerade groß, sage ich.

Sie sind genauso groß wie bei Mars 500, und da hat es auch keine Beschwerden gegeben, sagt er.

Die Beleuchtung wurde verbessert, sagt er. Auf der Mars 500-Station führte die schlechte Beleuchtung dazu, dass der Schlafrhythmus der Mannschaft durcheinandergeriet. Ein Teilnehmer lebte dann sogar nach einem 25-Stunden-Rhythmus. Das neue, verbesserte Licht wurde mehrfach erprobt. Sie werden einwandfrei schlafen.

## Notiz 16

Jerry Linenger war 1997 auf der russischen Raumstation MIR. Er konnte via Satellit mit seiner Mutter sprechen. Sie fragte ihn, ob er schon besser schlafe. Sie hätte gehört, er würde schlecht schlafen. Linenger schrieb in seinen Briefen aus dem All an seinen Sohn: »Das toppt alles! Ich bin im Weltraum. Schlafe hervorragend. Und ich hatte, soviel ich weiß, keinen Besuch in letzter Zeit. Aber sie hat von jemanden gehört, dass ich nicht gut schlafe. Egal, mein Sohn, die Lektion ist folgende: Glaube nie, was du hörst.«

*

Das ist Ihre Privatsphäre, sagt er und zeigt in ein winziges Kämmerchen. Hier gibt es keine Kameras. In der ganzen Station sind 52 Kameras installiert, Sie werden vielleicht einmal über diesen Raum froh sein.

Das ist das Storage-module, dahinter sind die Sauna und das Gym. Wollen Sie es sehen, fragt er.

Ja, sicher, sage ich, wenn ich schon mal da bin.

Er führt mich an Containerkästen vorbei, zeigt auf Kisten und erklärt, welches Essen darin gelagert ist. Die Beschriftung und das Lagersystem bekomme ich später noch genauer erklärt, für das Storage ist aber jemand anderer hauptverantwortlich. Ich werde nur in Ausnahmefällen überhaupt Zugang zu diesem Bereich bekommen.

Das Gym ist ein Witz. Ein paar Crosstrainer sind hier, Vibrationsplattformen, Laufband, Ergometer, ein ärmlich ausgestattetes Fitness-Studio.

Für Ihre Bedürfnisse wird es reichen, sagt er.

Sonst dreh ich einfach eine Runde um den Block, sage ich, und er lächelt milde.

Das wird also der längste Trip der Welt, ohne sich vom Fleck zu bewegen, sage ich.

Jetzt grinst er wirklich.

# 30

Vier Tage sind schon vergangen, und ich bin noch immer in dem abgetakelten Hotel. Ich soll mich ruhig verhalten und Urlaub machen, hat er gesagt. Also tue ich so, als ob ich Urlaub machen würde. Ich liege am Pool und beobachte die Ameisen, die am zerborstenen Betonboden herumkriechen. Vor zwei Tagen ist ein junges Liebespaar hier abgestiegen, ich hab sie nur am Abend an der Lobby kurz gesehen, seitdem sind sie nicht wieder aufgetaucht. Ich höre sie nur. Die Kellnerin hat mir einen Bikini und ein Badetuch besorgt, wer denkt schon, dass er so was für eine Marsmission braucht. Ich versuche nicht darüber nachzudenken, was schiefgelaufen sein könnte. Warum sie mich in ein Hotel bringen. Vielleicht sind die anderen Teilnehmer noch nicht da. Bei der Bar hängen zwei Fotos von Raketenstarts, sie sind schon ganz verblichen.

Ich male wieder, schreibt Zoe. Ich male Bilder mit Muttermilch, Tropfbilder. Ich tropfe sie auf ein weißes Blatt, sie saugt sich ein, verfranst sich. Nach ein paar Tagen wird das Bild gelblich. Die Muttermilch wird ranzig. Ich werde die Bilder hinter Glas geben. Muttermilch ist das neue Gold. Muttermilch erzielt auf dem internationalen Markt Spitzenpreise, wusstest du das? Ich habe gelesen, in den USA gibt es einen Muttermilch-Markt. Warum soll der Kunstmarkt nicht auch davon profitieren? Warum sollen Mütter nicht auch davon profitieren? Warum soll ich nicht davon profitieren?

# 31

Der Astronautenanzug ist noch verschweißt. Er ist blau, genauso wie bei der Mars 500-Studie. Ich fand das schon damals komisch, als ob sie Astronauten spielen würden. »Marsonauten« nannten sie sich. Kindisch. Ich reiße die Folie auf und packe den Overall aus. Überall sind Abzeichen, auf der Brust steht mein Name. Ich ziehe mir den Overall langsam über. Eigenartigerweise spüre ich gar nichts. Sollte ich jetzt nicht stolz sein, dass ich Astronautin bin. Wenn mich mein Vater so sehen könnte. Mit dem blauen Overall und den vielen Abzeichen. Ich bin MEXIS 004. Mars-Express-Isolationsstudie vielleicht. Nummer vier. Was auch immer das heißt. Da stehen auch Turnschuhe mit dem Abzeichen der ESA. Wieso sie die auch verschweißt haben? Ich ziehe sie an, sie passen. Vater hat immer gesagt, irgendwann werde ich den Sinn meines Lebens auf einen Schlag erkennen. Alles, was bis dahin passiert ist, wird einen großen Sinn ergeben. Ich dachte, er redet von Gott und dem großen weißen Licht. Dass ich dann glücklich sein werde, hat er nie gesagt.

Ob wir auch einen Ausflug auf den Mars machen werden, hat mich Zoe gefragt. Damals haben sie in einer Halle Sand aufgeschüttet und zwei Flaggen gehisst: Eine russische und eine europäische Flagge haben sie mit großer Theatralik in den Sand gesteckt. Dann haben sie auch noch Bodenproben genommen. Vom Sand in der Halle! Alexander Smolejewski und Diego Urbina waren also die ersten Menschen auf dem Mars. Für so etwas werde ich mich sicher nicht zur Verfügung stellen, hab ich Zoe gesagt. Ich bin doch kein Kasperl. Zoe hat sofort gegoogelt und Fotos von der Aktion gefunden. Schau, wie schön, hat sie gesagt und das Sternbild im Hintergrund gemeint.

Das sind LED-Lampen an der Decke, hab ich ihr gesagt, da wird schon bei jedem Kindergeburtstag besser dekoriert.

Der Gedanke zählt, hat sie gesagt.

Und was glaubst du, was sie mit dem ganzen Test wollten, hab ich sie gefragt.

Na ja, ausprobieren, ob man am Mars leben kann, meinte sie.

Nein, hab ich gesagt. Das verdeckte Ziel: Sie wollten herausfinden, ob heterosexuelle Männer Gefühle füreinander entwickeln, wenn sie so lange keine Frau sehen.

Das ist aber nicht wahr, sagte sie.

Doch, sagte ich. Das war eigentlich eine Sexstudie.

Und was ist herausgekommen, hat sie gefragt.

Eine echte Sensation: Die Männer haben keine Gefühle füreinander entwickelt, sondern echte Freundschaften. Das ist wissenschaftlich erwiesen.

Na dann ist's ja gut, hat Zoe gelacht.

# 32

Es wird wieder diese Tests geben. Sie werden Hirnscans machen, sie werden unser Atemgas untersuchen, sie werden unseren Urin analysieren, unseren Blutdruck messen, unser Immunsystem kontrollieren, sie werden alle Stressindikatoren beobachten und die Knochendichte messen. Sie werden Millionen von Daten von mir und von all den anderen haben. Ich werde einen gläsernen Körper haben. Und sie werden die Gruppendynamik messen: Wer in welchem Abstand wie oft wie lange mit wem spricht. Wer wird in der Isolation von den anderen sozial isoliert, wer ist am besten integriert, wer führt an, wer gibt Themen vor. Das ist zumindest das, was ich weiß. Vielleicht ist es aber wieder nur eine Sexstudie und sonst nichts. Frauen sind von der Venus und Männer vom Mars. Aber dafür müsste man eigentlich nicht zum Mars fliegen. Man müsste auch nicht so tun, als ob man zum Mars fliegen würde. Gemischte Teams gab es ja schon oft.

Hoffentlich sind keine Russen dabei, habe ich zu ihm gesagt.

Warum, hat er gefragt. Wie stellen Sie sich das vor? Russen werden sicher dabei sein. Wenn Sie irgendwelche nationalistischen Skrupel haben, sollten Sie die schleunigst abbauen, sonst muss ich das melden.

Ich hab nichts gegen Russen, hab ich gesagt. Ich liebe Russen! Ich lieeeebe Russen!

Wenn Sie durchdrehen, muss ich das auch melden, hat er gesagt.

# 33

Wer würde schon freiwillig zum Aufbau einer Mars-Kolonie aufbrechen, hab ich Zoe gefragt.

Warum nicht, das ist doch spannend. Das wäre das ultimative Abenteuer, war sie sofort begeistert.

Das ultimativ tödliche Abenteuer, hab ich geantwortet.

Warum, das ist doch Blödsinn! Wie viele Astronauten sind bisher gestorben? Das hast du sicher schon in deinem Notizbuch.

Lass mich rechnen, hab ich gesagt. 1960, bei der Explosion einer russischen Interkontinentalrakete am Startplatz, sind 126–200 Menschen getötet worden.

Das gilt nicht, schreit sie schon fast.

Bei missglückten Landungen sind insgesamt vier Russen gestorben, weil die Fallschirme versagt haben oder weil das Ventil der Landekapsel nicht funktionierte. Bei den Amerikanern sind am Boden bei einem Training drei Astronauten in der Apollokapsel verbrannt, dann gab's noch die Challenger- und die Columbia-Katastrophe mit …

Pah, du mit deinen Statistiken! Jedenfalls sind das in Summe doch nicht viele!

Aber die Krebsgefahr ist enorm, da wirst du von der kosmischen Strahlung gegrillt, die Zellteilung erfolgt in Turbo-Geschwindigkeit.

Wer sagt das, hat sie gefragt.

Was glaubst du, woran Sally Ride gestorben ist?

Bitte wer ist Sally Ride?

Sally Ride war die erste Amerikanerin im All, und sie ist – Überraschung – an Krebs gestorben!

Na und! Weißt du, wie viele Menschen an Krebs sterben, ohne dass sie jemals im All waren?

Dann flieg halt du, hab ich gesagt, ich hab kein Interesse, im All gegrillt zu werden. Außerdem müsste ich erst mal Start und Landung überleben.

Ich kenne niemanden, der so pessimistisch ist wie du, hat sie gesagt.

Ich schon, hab ich geantwortet, Elon Musk zum Beispiel. Der Gründer von Space X. Er hat gesagt: »Ich habe jedenfalls vor, auf dem Mars zu sterben. Nur bitte nicht beim Aufschlag auf die Oberfläche.«

Wäre das denn ein One-Way-Ticket?

Jedenfalls. Die Rückkehr wäre zu teuer, und wozu todkranke Krebspatienten zurückholen?

Du bist unmöglich, hat sie gesagt.

Es ist die Schwerkraft, die die Rückkehr verhindert. Auf dem Mars herrscht eine geringe Schwerkraft, nur 38 Prozent der Schwerkraft, die wir auf der Erde gewohnt sind. Die Astronauten werden Muskeln abbauen, sie werden Knochenmasse abbauen, ihr Blutkreislauf wird sich verändern – wenn sie jemals wieder auf die Erde kämen, würde sie die Schwerkraft vermutlich sofort umbringen.

# 34

Du musst nicht gehen, hat der Taucher gesagt. Wenn du nicht gehst, geht eine andere. Sie haben genug von euch.

»Von uns« – wie du das sagst. Als ob wir nichts wären. Als ob wir Material wären.

Du weißt, wie ich das gemeint habe, hat er gesagt.

Der Taucher legte den geschmorten Fisch auf meinen Teller. Er roch nach Zitrone und nach Minze, die er auf dem Teller mitserviert hatte. Er kocht gern für mich. Er bringt alles in meine Wohnung mit, was er braucht. Ich weiß nie, wann ich gehen soll, habe ich ihm gesagt. Ich weiß nie, wann der beste Moment ist, zu gehen. Wann du willst, dass ich gehe. Ich will nicht zu lange bleiben und dich stören oder dir auf die Nerven gehen. Dann würdest du nicht mehr wollen, dass ich wiederkomme. Mich stresst das fürchterlich.

Ich komme zu dir, hat er gesagt, dann musst du nicht gehen.

*

Ich schlafe an der Decke. Ich habe mich nur für ein kurzes Nickerchen an die Decke treiben lassen und dort ausgeruht. Das ist eigentlich verboten. Aber mein Körper passt genau zwischen die beiden Containerboxen. Das ist mein Lieblingsplatz. Auch die anderen schlafen nicht in ihren Kojen. Jeder hat seine Ecke, in die er sich zurückziehen kann. Durch einen lauten Knall werde ich wach – der Taucher ist mit seinem Kopf gegen eine Wand gestoßen. Er blutet, die anderen sind ganz aufgeregt, weil das Blut dünne Schleifen durch die ganze Kabine zieht, und ich, ich stürze zu Boden. Ich liege plötzlich auf dem Rücken auf meinem Bett und starre an die Decke. An dieser Decke sollte ich jetzt eigentlich schweben. Ich bin aber hier im Bett. Ich sehe nach, wo der Boden ist, bevor ich meinen Fuß darauf setze.

# 35

Sechs Leute. Zwei Russen, eine Französin, eine Chinesin, ein Inder und ich. Ich bekomme eine dicke Mappe mit Biografien und Fotos, mit den Publikationen der Teilnehmer und ihren bisherigen Erfahrungen. Meine Liste ist im Vergleich zu den anderen nicht gerade lang. Ein Sportmediziner, ein Maschinenbauingenieur, eine Psychologin, ein Physiker und Exobiologe, eine Geologin und ich. Alle nicht gerade jung.

Warum haben wir uns nicht vorher kennengelernt, habe ich ihn gefragt.

Sie werden noch genug Gelegenheit haben, einander kennenzulernen. Sie werden diese Menschen am Ende besser kennen als sich selbst.

Will ich das, habe ich ihn gefragt.

Er hat nur wieder weggehört.

Sie wurden nach psychologischen Kriterien ausgewählt und zusammengestellt, es könnte kein besseres Team geben.

Und wer ist der Commander, habe ich gefragt.

Das entscheidet die Zentrale, hat er gesagt.

Und wer ist es, habe ich gefragt.

Sie werden es noch erfahren, hat er geantwortet. Sie sind es nicht.

Und wie kann ich sicher sein, dass es nicht wie im Jahr 2000 endet, habe ich ihn gefragt. Als sich bei dem 240-Tage-Experiment alle an die Gurgel gingen.

Das kann niemand ausschließen, hat er gesagt, sonst würden wir solche Experimente ja nicht mehr brauchen.

Logisch, habe ich gesagt. Der Commander ist sicher wieder keine Frau.

# 36

Ich sitze in meinem blauen Overall in meinem Labor. Ich wurde frühmorgens von zwei Mitarbeiterinnen akribisch gereinigt. Maniküre, Pediküre, Peeling – das volle Programm. Danach wurde ich in eine Keimschleuse gebracht und musste dort noch eine Reinigungsprozedur über mich ergehen lassen. Ein bisschen viel Aufwand für eine Isolationsstudie. Erst im Habitat bekam ich wieder meinen frisch verpackten Overall und neue Schuhe. Eine Mikrofonstimme leitete mich durch das Habitat in mein Labor. Ich habe ungefähr drei Stunden gebraucht, um alle Instrumente und Messwerte zu überprüfen und mich noch einmal mit der Anlage vertraut zu machen. Hier ist alles perfekt. Besser hätte ich es mir nicht wünschen können. Vielleicht werde ich die Versuchsreihe anders anordnen, aber das muss ich mir erst genauer ansehen.

Nach einigen Stunden spricht die Mikrofonstimme zu mir. Ich soll in den Gemeinschaftsraum kommen. Dort treffe ich auf die anderen. Alle tragen blaue Overalls, nur einer hat einen grünen Overall an. Der Commander. Es ist ein Russe. Ein Mann. Er gibt mir gleich die Hand und stellt sich vor.

Fjodor, sagt er. Willkommen.

Willkommen, sage ich auch.

Er schaut mich irritiert an.

Wir zwei werden Spaß haben, denke ich.

Die Stimme sagt, wir sollen uns setzen und uns das Video ansehen. Der Film soll uns auf den Start vorbereiten. Die Prozedur habe ich schon hundertmal geübt, aber gut, vielleicht brauchen die anderen diese Einführung.

Über dem Eingang ist eine Uhr angebracht. Sie leuchtet gerade in dem Moment auf, als ich auf sie starre: 44:00:11. Der Countdown.

# 37

Sie werden nie mehr alleine sein, hat er gesagt. Denken Sie immer daran. Sie sind in einer Big Brother Show.

Alone in Public, sagte ich.

Wie, fragte er.

General Yuri Glaskov, Deputy Commander am Gagarin-Kosmonauten-Trainingszentrum hat das einmal gesagt. Allein in der Öffentlichkeit. Jeder sieht dich, aber du kannst niemanden sehen.

Das trifft es ziemlich gut, sagte er.

Glaskov sagte nach einem 35-Tage-Experiment auch, dass man Toleranz lernt, Vergebung und Anpassung. Mit Anpassung meinte er, dass man sich an den Charakter des anderen anpassen muss.

Kluger Mann, sagte er.

Der hätte Pfarrer werden sollen, sagte ich.

Ich drehe mich dreimal im Kreis und zähle die Kameras. Sieben Kameras in so einem kleinen Raum. Für jeden eine, plus eine Einstellung für die Raumtotale.

Sie können mailen, sagt er. Und einmal in der Woche können Sie mit jemandem telefonieren.

Und wie viele hören da mit, fragte ich.

Er antwortete nicht, sondern sagte nur, dass ich das Gespräch auch für den Astronautenpsychologen nutzen könnte.

# 38

Die erste Nacht auf der Station. Ich liege in meiner Schlafkoje und starre auf die Kamera. Es wird nie ganz finster sein, haben sie gesagt. Sie wollen uns immer sehen. Das also ist die verbesserte Beleuchtung. Ich bin nicht gewohnt, im Halbdunkel zu schlafen. Die Lüftung ist laut. Sie surrt unregelmäßig, daran werde ich mich noch gewöhnen müssen. Die Französin, die Chinesin und ich sind im hinteren Teil des Schlafcontainers, die Männer liegen vorne. Ihre Kojen sind etwas länger und breiter. In dem bisschen Raum, das wir weniger in der Kabine haben, haben sie uns ein kleines Fach gemacht. Ich habe mein Notizbuch hineingesteckt. Ich komme mir vor wie damals als Kind, als ich mein Tagebuch hinter der Bettvorrichtung versteckt habe. Vor wem eigentlich? Vor Vater? Er kam nie in mein Zimmer, das räumten immer die Putzfrauen auf. Vermutlich versteckte ich es vor mir selbst. Ich sollte doch nur wertvolle Gedanken haben. Und keine Gefühle.

Ich stecke in einem dünnen Schlafsack, alles riecht so frisch. Frisch ist vielleicht der falsche Ausdruck, es riecht frisch ausgepackt. Es riecht nach chemischer Reinigung und nicht nach Feinwaschmittel. Die Countdown-Uhr leuchtet überall auf, ich kann sie sogar von meiner Schlafkabine aus sehen.

32:14:07

Die Chinesin rührt sich nicht, sie hat sich hingelegt und kein einziges Geräusch mehr gemacht. Das haben sie ihr sicher antrainiert. In China überlassen sie nichts dem Zufall. Die Französin, die Psychologin. Sie sieht mich immer so eigenartig an. Sie reiht mich sicher in irgendwelche Typologien ein. Die gibt keine Ruhe, bis sie alle in irgendwelchen Schubladen hat.

# 39

Der Maschinenbauingenieur hat mir erzählt, dass er unsere Marsstation bauen wird. Es soll so ähnlich ablaufen wie bei dem Konzept von Norman Foster für den Mond. Er wird das Marsgestein verwenden und die Architektur mit einem Plotter ausdrucken. Millimeter für Millimeter wird die Maschine die Gebäudestruktur aufbauen. Wahrscheinlich werden wir dann mit ihm Ausflüge in die Halle mit rotem Sand machen, und er darf dort sein Indianerfort aufbauen. Der Mann ist so begeistert.

Ich habe ein neues Projekt, schreibt Zoe. Ich zeichne die Welt aus der Sicht des Kindes. Ich habe mich auf den Boden gelegt und gedacht, was werden meine Kinder als erstes sehen, wenn sie hier liegen oder herumkrabbeln. Ich zeichne eine Welt, die aus Tischbeinen, aus Stuhlbeinen, aus Wasserrohren, Heizkörpern, aus Kabeln, Stromverteilern und aus Steckdosen besteht. Was sehen sie, wenn ich mit ihnen durch die Stadt spaziere? Sie sehen keine Bäume. Sie sehen Autoreifen, Zäune, Auspuffrohre, Baustellenschutt, Hundekacke. Was sehen sie, wenn ich mit ihnen in den Zoo gehe? Sie sehen keine Tiere, sie sehen nur Gitterstäbe und Mauern und Drahtzäune. Ich zeichne also Gitterstäbe und Mauern. Ich zeichne eine fremde, feindliche Welt. Da ist nichts Schönes. Du verpasst hier nichts.

# 40

Die Beleuchtung blinkt, und ein Weckton erklingt. Keine sanfte Stimme wie die, die Astronauten in Filmen immer aus dem Schlaf holt.

Die Chinesin hüpft sofort auf, die Französin grunzt und dreht sich noch einmal um. Ich steige langsam aus der Koje. Ich würde gerne meine Haare waschen und eine ausgedehnte Dusche nehmen. In diesem Overall müssen wir jetzt wohl arbeiten und schlafen.

Wir sollen gemeinsam essen, haben sie gesagt, das stärkt die sozialen Beziehungen. Die Chinesin ist schon auf dem Weg zur Küche. Ohne Zähne zu putzen. Ich gehe in den Waschraum, setze mich zuerst auf die Saugglocke und drücke mir dann eine Zahnpasta auf die Zahnbürste. In der Schwerelosigkeit würde das nicht funktionieren. Dann müsste ich mir die Zahnpasta direkt in den Mund spritzen.

Sie hätten schon ein ordentliches Klo einbauen können. Das sieht sowieso niemand. Außerdem würde das den Versuch doch nicht unverantwortbar verfälschen. Als ich in die Küche komme, sind schon alle da, bis auf die Französin. Es sind nur mehr die schlechten Plätze frei, direkt unter dem Kasten. Den Platz behalte ich sicher nicht die nächsten zwei Jahre. Ich drücke mir einen Orangensaft herunter, einen Kaffee und einen in Folie verschweißten Toast. Er ist warm. Die Chinesin isst Nudeln. Sie schmatzt fürchterlich. Niemand sagt etwas.

# 41

Ich habe mich gerade hinter eine Maschine gequetscht, weil ich die Zufuhrleitungen überprüfen wollte, als der Russe in mein Labor kommt. Ich mag keine Besuche im Labor. Er spaziert herum, bis ich aus meinem Versteck hervorkrieche. Er schnuppert hier und da, und als seine Hand ausfährt, um meine Pflänzchen zu berühren, schreie ich: Njet! Vielleicht etwas zu laut, aber es ist auch laut hier mit all den Geräten und Kühlaggregaten. Er sieht mich scharf an.

Sehr empfindlich, sage ich streng. Sehr, sehr empfindlich. Ich führe Sie gerne herum.

Ich mache eine detaillierte Führung, rede ihn schwindelig. Als er nickt, merke ich, dass er völlig erschlagen ist. Er nickt noch einmal, zum Dank vermutlich, und geht. Der kommt so schnell nicht wieder in mein Labor.

# 42

Die Abendglocke. Wie in einer Fabrik läuten sie unseren Dienstschluss ein. Ich lasse sicher nicht alles liegen und stehen, nur weil sie läuten. Ich schließe den Hydrationsvorgang noch ab. Das ginge gar nicht anders.

Als ich in den Speiseraum komme, weist mich der Commander gleich zurecht.

Sie können danach gleich wieder in Ihr Labor, sagt er.

Er weiß aber genauso gut wie ich, dass ich nach dem Essen noch mein Abend-Fitnessprogramm absolvieren muss. Ein Pool wäre toll gewesen. Ich muss noch meine 20 Kilometer laufen. Nach dem Training gehe ich noch kurz ins Labor, nur um zu sehen, ob alles o.k. ist. So eine Aufgabe hatte ich noch nie, irgendwas kann immer schiefgehen.

Zoe macht gerade einen Kurs, wie man Gefühle von Kleinkindern besser erkennen kann. Wusstest du, Kira, schreibt sie, dass es 800 verschiedene Emotionen gibt? Und jede Emotion löst Aktivitäten in einem anderen Gehirnareal aus. Ich werde mir Gehirnscans besorgen und sie sticken. Das ergibt einen schönen Atlas der Emotionen, den man sich in die gute Stube hängen kann. Ich werde dir ein Bild schicken. Welches willst du haben, fragt sie. Stick mir ein schönes Bild von der Hoffnung, schreibe ich nach langem Überlegen zurück.

# 43

Wir haben uns alle die Raumanzüge angezogen, in die Startkabine gezwängt, die Helme verschlossen, die Sauerstoffversorgung überprüft, den Anzugdruck überprüft, den Kabinendruck überprüft und ungefähr hundert andere Einzelheiten auf der Starterliste gecheckt, gegengecheckt und recheckt. Die Starteruhr zeigt 04:32:00.

Jetzt heißt es warten. Bis die Bodenmannschaft alles gecheckt hat.

Ich finde diese Checkerei übertrieben. Für meine Begriffe hätte es auch gereicht, wenn sie einfach die Tür zugemacht und gesagt hätten: Los geht's! Der Versuch startet.

Muss man einen Start noch simulieren, wo doch schon so viele reale Starts stattfinden?

# 44

Das Geräusch schwillt unglaublich an. Ich habe noch nie so etwas Lautes gehört. Es hebt mich aus dem Stuhl, obwohl ich angegurtet bin. Ich überprüfe den Gurt, ich kann ihn nicht enger ziehen. Meine Hände fühlen sich in dem großen Raumanzug ganz klamm an, ich kann die Lehne nicht richtig greifen. Das Dröhnen wird leichter, sobald ich das Visier des Helms schließe. Ich folge den Anweisungen aus dem Helmmikrofon. Ich muss das Labor auf Notstromaggregat umschalten, ich muss die Temperatur ständig überwachen und kontrollieren, ob es keine Ausfälle gibt. Hört sich einfach an, aber das Labor besteht aus ca. 250 Einzelkomponenten, die unterschiedlich lange ohne Versorgung bleiben können. Ich müsste im Notfall entscheiden, auf welchen Komponenten, sprich: auf welche Nahrungsmittel man verzichten könnte. Das hängt aber wieder von der Art des Störfalls ab. Wir sind das oft durchgegangen, und ich habe mein eigenes System entwickelt. Schließlich bin auch ich es, die die Nachpflanzung bewerkstelligen können muss.

Der Monitor zeigt keine Störung an. Trotzdem muss ich exakt alle 40 Sekunden auf einen Knopf drücken, ähnlich wie ein Lokführer. Ich sehe auf die Uhr, in drei Minuten wird der Zauber vorbei sein, und wir gehen alle in den Container zurück.

Es fühlt sich an, als ob wir uns bewegen.

Ich spüre ein Rumpeln, und meine Gedärme bewegen sich. Meine Gesichtshaut wandert nach hinten, genauso wie beim Versuch in der Zentrifuge.

Sie spielen uns Bilder von einem Start ein. Die Erde zeigt sich langsam durch das Nebeldickicht, das der Wasserstoff beim Start verursacht hat.

Wir heben ab. Ich muss grinsen, sie sind richtige Perfektionisten. Bringen uns zum Weltraumbahnhof nach Kourou, um einen Start zu simulieren. Und spielen uns den perfekten

Start vor. Eine kleine Panne hätte ich schon eingebaut. Zum ersten Mal macht es mir Spaß, ich freue mich fast, dabei zu sein. Was kommt als nächstes? Ich kann die Augen der anderen nicht sehen, das Visier spiegelt viel zu sehr. Das werde ich als erstes melden. Dass das noch niemandem aufgefallen ist. Ich darf nicht vergessen, meinen Knopf zu drücken. Jetzt.

Die Erde ist nur noch eine kleine blaue Kugel. Das erlösende Piepsen ertönt, wir können uns abschnallen. Ich möchte gleich zum Fenster. Das sieht man nicht alle Tage in dieser Auflösung. In dieser Intensität. Irgendetwas ist ganz anders als im Planetarium. Aber was? Das Bild bewegt sich, das ist es. Die Erde bewegt sich von uns weg.

Mein Bein wird als erstes ganz leicht. Dann beginnen meine Arme zu schweben. Ich hole den rechten Arm zurück und öffne den Sitzgurt. Langsam zieht etwas meinen Körper nach oben, Als ob er an tausend Fäden hängen würde. Ich schwimme zur Decke. Können sie jetzt sogar schon Schwerelosigkeit auf der Erde simulieren? Das ist mir neu. Der Commander hebt das Visier an und sagt: Start erfolgreich abgeschlossen. Mission to Mars on its way.

# KIRAS LEXIKON DER ASTRONAUTEN-FEHLER

# A

**Aberglaube**

Alle Astronauten folgen einer Tradition, die Juri Gagarin begründet hat. Sie bleiben auf der Fahrt vom Kosmonautentrainingszentrum zur Startrampe stehen und pinkeln gegen die Busreifen, so wie es der erste Kosmonaut auch getan hat. Auch Astronautinnen wollen auf die schützende Wirkung dieses Rituals nicht verzichten. Sie bringen ein Fläschchen Urin mit und schütten es gegen den Busreifen.

**Aldrin, Buzz**

Der amerikanische Astronaut Buzz Aldrin hätte eigentlich der erste Mensch auf dem Mond sein sollen. Ursprünglich wollte die NASA, dass er als Pilot der Mondfähre der *Apollo 11* als erster den Erdtrabanten betritt. Später entschied die amerikanische Raumfahrtbehörde allerdings, der Kommandant Neil Armstrong sollte den historischen Schritt tun. Aldrin akzeptierte die Entscheidung. Er rebellierte im Stillen. Als auf der Erde der Fotoapparat ausgewertet wurde, stellten die NASA-Leute erstaunt fest: Aldrin hatte keine Bilder von Armstrong gemacht. Nur ein einziges Foto zeigte Armstrong: Es ist ein Bild, in dem er sich im Helmvisier Aldrins spiegelt. Aldrin verfiel nach der Rückkehr vom Mond in Depressionen und wurde alkoholsüchtig. Eine Pionierleistung war ihm allerdings nicht mehr zu nehmen: Er war der erste Mensch, der auf einem Foto auf dem Mond zu sehen ist.

**Apollo 13**

Die Mission *Apollo 13* schrieb nicht nur Raumfahrtgeschichte, sondern auch Kinogeschichte. Der gleichnamige Film mit

Tom Hanks erhielt zwei Oscars. Das Drama begann nicht gleich beim Start am 11. April 1970, sondern fast 56 Stunden danach: Der Sauerstofftank im Servicemodul der Raumfähre *Odyssey* explodierte – innerhalb weniger Stunden drohte der Zusammenbruch der gesamten Sauerstoff-, Strom- und Wasserversorgung. Die Mannschaft musste in die Mondlandefähre *Aquarius* überwechseln. Das Lebenserhaltungssystem des Mondgefährts war jedoch nicht auf drei Astronauten ausgelegt, es gab zu wenig Wasser, Strom und Luft. Alles musste umgebaut werden: Die Astronauten improvisierten: Mit Plastiktüten, Klebeband, Flugplänen und sogar einer Socke bauten sie ein neues Luftreinigungssystem. Außerdem mussten sie eine Kurskorrektur vornehmen, um die Flugdauer zu verkürzen und im Pazifik landen zu können. Für die Triebwerkszündung wurden alle anderen Systeme heruntergefahren, und die Temperatur in der Raumfähre sank auf 0 Grad. Die Astronauten überlebten. Die NASA nennt die Mission einen »erfolgreichen Fehlschlag«. Ursache war ein menschlicher Fehler: Ein Thermostat war unter zu hoher Spannung angeschlossen worden und hatte deshalb zur Explosion des Sauerstofftanks geführt.

**Armstrong, Neil**

Neil Armstrong war im März 1966 der Kommandant der amerikanischen *Gemini 8*-Mission, mit an Bord war David Scott. Ziel war es, an einem Agena-Satelliten anzudocken, es sollte die erste Kopplung von zwei Raumfahrzeugen im All werden. Nach dem erfolgreichen Andockmanöver begann das Gespann aber immer schneller zu rotieren. Armstrong vermutete, dass ihn der Agena-Satellit destabilisierte und löste die Verbindung. Danach begann sich das Raumschiff nur noch mehr zu drehen – wie sich später herausstellte, war eine Steuerdüse defekt und feuerte die Gemini permanent an. Armstrong musste nach nur 11 Stunden notlanden. Das war der erste Weltraumflug, der wegen eines Notfalls abgebrochen wurde. Das zeigte nun auch die große Schwachstelle der NASA: Die wichtigsten Führungskräfte waren nicht erreichbar – einige waren bei einem Bankett, Experten des Herstellers waren im Flugzeug unterwegs.

**Astronautinnen ohne Flugerlaubnis**

Walentina Tereschkowa flog am 16. Juni 1963 vom Kosmodrom Baikonur drei Tage lang ins Weltall und umkreiste 49-mal die Erde. Die Russen hatten mit der ersten Frau im Weltall wieder einmal die Nase vorn. Die Amerikaner hatten ein sogenanntes »Women in Space Program«, von 1959 bis 1961 konnten 19 Frauen bei der NASA dieselben Tests machen wie ihre männlichen Kollegen. 13 Frauen bestanden mit der Bestnote. Aber keine startete je ins All. Der Grund: Astronauten müssen eine Kampfpilotenausbildung besitzen. Frauen durften zu dieser Zeit aber keinen Kampfpilotenschein machen. Es sollte bis zum Jahr 1983 dauern, bis Sally Ride als erste Amerikanerin ins All flog.

## B

**Bondar, Roberta**

Roberta Bondar war die erste Kanadierin im Weltraum. Sie ist eine von bisher 60 Frauen, die im Weltall waren. Sie wurde 1983 ausgewählt, flog aber erst 1992 für acht Tage ins All. In einem Interview mit der Zeitung »Der Standard« vom 15./16.6.2013 sagte sie: »Die Vorbereitungen für meine erste Mission ins Weltall nahm ich erst 1988 wieder auf. Das intensive Training dauerte vier Jahre. Gerade für Naturwissenschafter war es durchaus herausfordernd. Denn Menschen machen Fehler, und der Großteil des Trainings bestand darin, wie mögliche Fehler behoben werden können.«

**Bondarenko, Walentin**

Der russische Kosmonaut Walentin Wassiljewitsch Bondarenko sollte 1961 zu Trainingszwecken 10 Tage in einer Druckkabine im Moskauer Institut für Luft- und Raumfahrtmedizin verbringen. Der Kampfpilot war im Jahr zuvor für einen Weltraumflug mit dem Wostok-Raumschiff ausgewählt worden und gehörte der sogenannten »Kosmonautengruppe Nr. 1« an. Am 22. März 1961 löste allerdings eine kleine Schlamperei eine Katastrophe aus: Bondarenko hatte medizinische Sensoren auf seinem Körper mit einem in Alkohol getränkten Wattebausch entfernt und diesen achtlos weggeworfen. Der Wattebausch fiel auf eine offene, glühende Heizspirale und fing sofort Feuer. Da in der Kabine reine Sauerstoffatmosphäre herrschte, fing der Trainingsanzug in Sekundenschnelle Feuer, und die gesamte Isolationszelle stand in Flammen. Die Druckkabine konnte wegen des Druckunterschieds nicht sofort geöffnet werden, der Kosmonaut erlitt an 90 Prozent seiner Haut Verbrennungen. Acht Stunden später starb Bondarenko im Krankenhaus. Der Vorfall wurde geheim gehalten.

**Bion-M**

*Bion-M* war der Name einer russischen Mission mit einem kleinen Zoo an Bord. Im Mai 2013 reisten 45 Mäuse, 15 Geckos, Schnecken, Buntbarsche sowie Pflanzen und Mikroorganismen mit einer Sojus-Trägerrakete in den Orbit. Mit den Experimenten wollte man für Langzeitmissionen wie zum Mars lernen. Doch die Wüstenrennmäuse konnten nicht auf Stress oder

Strahlung getestet werden – die Geräte waren aufgrund einer technischen Panne ausgefallen. Die tierischen Kosmonauten überlebten ihren Trip ins All nicht.

# C

## Chaffee, Roger Bruce

Chaffee starb bei der *Apollo-1*-Katastrophe. Zusammen mit Virgil Grissom und Edward White war er das erste Todesopfer in einem Raumschiff. Am 27. Januar 1967 sollte die Mannschaft auf der Startrampe in Cape Canaveral einen Test absolvieren. Vermutlich durch einen Kurzschluss fing die Kommandokapsel Feuer. Durch den Innendruck in der Kabine ließ sich die Luke nicht mehr nach innen öffnen. Alle drei Astronauten starben. Da der Test als ungefährlich eingestuft war, gab es keine Sicherheitsvorkehrungen wie zum Beispiel eine bereitstehende Feuerwehr. Die Raumanzüge waren damals auch aus leicht entflammbarem Nylon.

## Challenger – Warnung missachtet

Es war der schwerste Unfall in der amerikanischen Raumfahrtgeschichte: Der Space Shuttle *Challenger* explodierte 1986 nur 73 Sekunden nach dem Start. Alle sieben Besatzungsmitglieder wurden getötet. Am Abend vor dem Start der Raumfähre hatte der Ingenieur Roger Boisjoly wegen der Kälte beim Kennedy Space Center in Florida (-14 Grad Celsius) vor einem Unglück gewarnt. Er befürchtete, dass die Dichtungsringe aus Kunststoff durch die niedrigen Temperaturen verschleißen und Verbrennungsgas aus den Feststoffraketen ausströmen würde. In einer sechsstündigen Telefonkonferenz zwischen der Herstellerfirma der Feststoffrakete und der NASA entschied sich die Firma schließlich, den Warnungen ihrer eigenen Ingenieure nicht zu folgen und den Start freizugeben. Die NASA stand auch unter Druck: US-Präsident Ronald Reagan wollte eine Lehrerin ins All schicken, und das in seiner kurz bevorstehenden Rede zur Lage der Nation ausschlachten. Die Vorhersage von Boisjoly trat ein: Durch ein Leck trafen die Gase auf explosiven Wasserstoff. Die Raumfähre zerbrach. Die Kapsel mit den Astronauten wurde vermutlich dabei nicht beschädigt, die Astronauten starben erst, als sie mit 330 km/h ungebremst auf dem Atlantik aufschlugen. Aus Kostengründen war ein Fallschirm für die Kapsel eingespart worden.

Roger Boisjoly wurde zum gefragten Experten für Ethik am Arbeitsplatz und 1988 mit dem »Preis für wissenschaftliche Freiheit und Verantwortung« ausgezeichnet.

## Chrunow, Jewgeni Wassiljewitsch – Schlechtes Wetter als Lebensretter

Chrunow gehörte zur Ersten Kosmonautengruppe der UdSSR. Im April 1967 sollte er an einem spektakulären Doppelflug von Sojus-Raumschiffen teilnehmen – zwei Kosmonauten sollten in der Erdumlaufbahn von *Sojus 1* zu *Sojus 2* umsteigen. Es war erst zwei Jahre her, dass die Russen ihre Vormachtstellung im All durch den ersten Weltraumspaziergang demonstriert hatten – jetzt wollten sie wieder ihre Überlegenheit zeigen. Chrunow sollte einer der Kosmonauten sein, die das Raumschiff wechselten. *Sojus 1* war schon im All, als sich der Start von *Sojus 2* wegen schlechten Wetters verzögerte. Das sollte Chrunow und seinen Kollegen Alexej Jelissejew und Waleri Fjodorowitsch Bykowski das Leben retten. Denn *Sojus 1* hatte inzwischen Probleme bekommen, die Solarzellen lieferten zu wenig Energie – die Aktion musste auch bei einer möglichen Wetterbesserung abgebrochen werden. Der Kosmonaut auf *Sojus 1* – Wladimir Michailowitsch Komarow – starb bei der Landung. Die drei Kosmonauten überlebten, weil sie am Boden geblieben waren. Der geplante Umstieg funktionierte dann im Jahr 1969.

**Collins, Michael**

Michael Collins war der Pilot der Kommandokapsel der *Apollo 11*, d.h. während Neil Armstrong und Buzz Aldrin als erste Menschen den Mond betraten, umrundete er alleine den Erdtrabanten. Den historischen Augenblick vom 20. Juli 1969 bekam er zwar noch über Funk mitgeteilt, den Großteil des Ereignisses verpasste er aber im Funkschatten hinter dem Mond. Rund 30 Runden drehte Collins um den Mond, den er selbst nie betreten konnte.

1966 war Collins als Pilot der *Gemini 10* schon einmal im Weltraum. Er verließ das Raumschiff für Experimente und wollte dabei Fotos machen. Die Kamera entglitt ihm jedoch und schwebte in den Weltraum. Drei Jahre später nahm er zwei Kameras mit und machte historische Aufnahmen vom Erdauf- und -untergang, die heute jeder kennt. (aus: Thomas de Padova: Das Weltgeheimnis, Piper Verlag 2009)

**Columbia**

Die Raumfähre *Columbia* brach am 1. Februar 2003 beim Wiedereintritt in die Erdatmosphäre auseinander, alle sieben Besatzungsmitglieder starben, als das Space Shuttle verglühte.

Ursache war ein Loch im Hitzeschild, das durch ein beim Start abgerissenes Stück vom Isolierschaum eines Außentanks geschlagen worden war. Das führte zu einer Überhitzung des Tragflächeninneren, die Tragflächen schmolzen. Obwohl der

Aufprall des Isolierteilchens beim Start gefilmt wurde, gingen die Flugdirektoren nicht von einer Gefährdung der Astronauten aus. Sogar die Zuschauer bekamen die Panne mit, weil eine der Kameras zerstört wurde. E-Mails zwischen NASA-Mitarbeitern der mittleren Ebene belegen allerdings, dass es noch am Tag vor der Landung die Befürchtung gab, heißes Plasma könnte in den Fahrwerkschacht eindringen und das Fahrwerk unbrauchbar machen. Außerdem wurde ein Schaden am Hitzeschild nahe des Fahrwerks befürchtet. Der NASA-Administrator Sean O'Keefe soll gesagt haben: »Das wird widerlich.« Es herrschte allerdings eine »Es-wird-schon-gutgehen-Mentalität«, wie der Spiegel im Jahr 2003 in seiner Analyse des Unglücks schreibt. Die Astronauten: Rick Husband, William C. McCool, Michael P. Anderson, David M. Brown, Kalpana Chawla, Laurel Clark und der israelische Astronaut Ilan Ramon starben. Kritik an der Fehleinschätzung bleibt bis heute: Eine zweite Raumfähre, die »Atlantis«, hätte die Astronauten retten können. Sie hätten nur an der *ISS* andocken und dort auf Hilfe warten müssen.

**Cooper, Gordon**

Cooper war 1963 Astronaut des Mercury-Programms. Er war fest davon überzeugt, UFOs gesehen zu haben. Er drängte deshalb sogar die Vereinten Nationen, eine wissenschaftliche Untersuchung ungeklärter Phänomene und Flugobjekte zu starten. Seine Forderung blieb (zumindest offiziell) unerfüllt.

**Curiosity**

Der Mars Rover *Curiosity* entdeckte im Jahr 2012 eine Sensation: »glänzende Objekte« im Marssand! Was kann das sein? Die Marsgemeinde war in heller Aufregung. Das waren möglicherweise Spuren von extraterrestrischer Intelligenz! Später stellte sich heraus: Das Stück gehörte vermutlich zur *Curiosity* selbst. Der Mars-Rover musste das Teil unbemerkt verloren haben. Ähnliche aufregende »Spuren« haben schon *Mars Phoenix Lander* und *Opportunity* hinterlassen.

### Cygnus – Update folgt

Die private Raumkapsel *Cygnus* war lange auf ihr Rendezvous mit der Internationalen Raumstation *ISS* im September 2013 vorbereitet worden. Es sollte eine Demonstrations-Mission werden, die zeigen sollte, wie problemlos ein privates Raumschiff an die *ISS* andocken kann. Denn nach dem Ende der Shuttle-Missionen musste ein neues Transportmittel gefunden werden. Bis dahin war nur ein einziges Privatunternehmen in der Lage gewesen, Menschen und Fracht zur *ISS* zu bringen, und zwar Space X. Im Mai 2012 hatte Space X mit *Dragon* das erste private Raumschiff an die *ISS* angedockt. Das Unternehmen Orbital Sciences war nun die neue große Konkurrenz im Transportwesen für das All. Die NASA hat das Unternehmen schon für reguläre Flüge zur Raumstation unter Vertrag. Bis 2016 soll das private Unternehmen insgesamt acht Mal zur *ISS* fliegen und rund 20 Tonnen Fracht ins All bringen. Im September 2013 war nur wenig Fracht mit an Bord. 590 Kilogramm Nahrungsmittel, Kleidung und Fracht für die Astronauten auf der Internationalen Raumstation. Schließlich kam der Moment des lange geplanten Manövers: *Cygnus* begann sich auf rund 30 Kilometer an die *ISS* anzunähern. Von diesem Moment an sollten Raumstation und Frachter ihre Daten austauschen, damit der Frachter seine relative Position zur Station bestimmen konnte. Doch da tauchten unerwartete Probleme auf: Die Raumkapsel konnte nicht mit der *ISS* kommunizieren. Sie konnte die Daten, die zur Positionsbestimmung des Raumfrachters nötig waren, nicht lesen. Die Techniker waren fassungslos, denn sie hatten eines nicht beachtet: Die *ISS* verwendete das moderne 13-Bit-Format, *Cygnus* arbeitete mit dem veralteten 10-Bit-Format. Das Unternehmen Orbital Sciences versprach umgehend ein Software-Update für das GPS-System. Mit einer Woche Verspätung kam die Raumkapsel bei der *ISS* an.

## D

**Duke, Charles**

Am 11. April 1970 startete die *Apollo 13*-Mission vom Kennedy Space Center/USA zum Mond. Nicht mit an Bord war Charles Duke, er war an Röteln erkrankt. Er wäre eigentlich der Ersatzpilot für die Mondfähre gewesen. Das zog Konsequenzen für den Piloten der Apollo-Kommandokapsel nach sich: Ken Mattingly war nicht gegen Röteln immun. Deshalb wurde er von der Besatzungsliste gestrichen. Später stellte sich heraus, er war nie infiziert. An seiner Stelle kam Jack Swigert, ein historischer Glücksfall. Denn Swigert hatte die Notfall-Pläne für die *Apollo 13* ausgearbeitet – und die sollten noch eine wichtige Rolle spielen.

## F

**Fjodor Jurtschichin/ Oleg Skripotschka**

Im November 2012 sollten zwei Kosmonauten auf der *ISS* eine Fernsehkamera bei einem Außenbordeinsatz befestigen. Fjodor Jurtschichin und Oleg Skripotschka trugen neue computergesteuerte *Orlan*-Raumanzüge. Die Aufgabe konnte trotzdem nicht durchgeführt werden. Die Anschlüsse am Modul *Rasswet* passten nicht!

**Fotostreit**

Am 30. Dezember 1968 präsentierte die NASA ein Foto, das die Welt verändern sollte: Der blaue Planet geht über dem Mond auf. »Earthrise« war der Titel des Bildes, und es wurde zur Ikone der Umweltschützer, denn so verletzlich hatte man die Erde noch nie zuvor gesehen. Bald entbrannte ein Streit unter den Apollo-Astronauten, wer das Foto geschossen hatte. Frank Borman oder William Anders? Der Streit konnte erst durch den Voicerecorder geklärt werden. Denn beide hatten die Erde fotografiert, jedoch nur einer mit Farbfilm. Der Voicerecorder bewies: William Anders hatten den Farbfilm verlangt, eingelegt und abgedrückt. »Erdaufgang« stellte sich allerdings als Humbug heraus. Die Erde war links hinter dem Mond aufgetaucht. Die Presseabteilung der NASA hatte das Foto um 90 Grad gedreht, »earthrise« ließ sich einfach besser verkaufen! (Mehr in Robert Poole: Earthrise – How Man First Saw The Earth. Yale University Press 2008)

# G

**Glenn, John – das alte Versuchskaninchen**

Es waren große Schlagzeilen: Nach 36 Jahren durfte der Astronaut John Glenn 1998 wieder ins All. Der 77-jährige Astronaut, der in den 1960er-Jahren ein US-Idol gewesen war, sollte der älteste Mensch im Weltraum werden. Der wahre Grund, warum man einem alten Mann erlaubte, ins All zu fliegen, war naheliegend: Glenn war eine Art Versuchskaninchen, sagte die japanische Astronautin Chiaki Mukai, die 1998 mit John Glenn ins All flog. An ihm wollten die Weltraum-Mediziner untersuchen, wie sich Schwerelosigkeit auf alte Menschen auswirkt. Das Ergebnis: Er verlor genauso viel Knochenmasse wie die junge Japanerin. Nicht mehr und nicht weniger.

# H

**Hadfield, Chris**

Der kanadische Astronaut Chris Hadfield bereitete sich 2001 auf seinen ersten Weltraumspaziergang vor. Es sollte der erste EVA eines Kanadiers sein. Hadfield verbrachte die Wartezeit damit, das Helmvisier seines Raumanzugs zu polieren, damit es nicht durch seinen Atem beschlagen würde. Er sollte Canadarm 2, einen Roboterarm, an die ISS montieren. Fünf Stunden liefen die Montagearbeiten problemlos, doch dann schwebten Wassertropfen in Hadfields Helm. Sein Wasserbeutel war vermutlich leck. Die Augen brannten und tränten. »Wir haben uns auf viele Eventualitäten während eines Weltraumspaziergangs vorbereitet, aber partielle Blindheit war nicht dabei. Was sollte ich tun?«, schreibt Hadfield in seinem Buch »Anleitung zur Schwerelosigkeit« (Heyne Verlag, 2014). Hadfield wartete. Die Flugdirektion am Boden wurde hektisch. Sie vermutete, dass kontaminierte Luft ins System kam und nicht nur Hadfields Augen reizte, sondern auch seine Lunge schädigte. Er musste Luft ablassen und warten, ob das die Situation verbessern würde. Der Astronaut erinnert sich: »Ich blinzle und blinzle und blinzle, und nach inzwischen zwanzig Minuten kann ich Gott sei Dank ein wenig sehen.« Die Analyse ergab: Hadfield hatte sein Helmvisier zwar ordentlich geputzt, aber das Spülmittel nicht gründlich entfernt. Wenn es sich mit Wasser mischt, brennt es wie Seife in den Augen.

# I

**Irwin, James**

Irwin landete am 31. Juli 1971 mit *Apollo 15* auf dem Mond und erkundete gemeinsam mit David Scott den Erdtrabanten erstmals mit einem Mondauto. Als er aus dem Mondgefährt ausstieg, spürte er angeblich die Gegenwart Gottes. Nach seiner Rückkehr zur Erde gründete er die religiöse Vereinigung »High Flight Foundation« und predigte fortan: »Jesus walking on the earth is more important than man walking on the moon.«

### ISS – Die Station ohne Namen oder Die Damenbinde im Weltall

Die *International Space Station* (Internationale Raumstation) ist ein Projekt der Superlative:

Sie ist das größte Bauwerk im Weltraum und wird rund 100 Milliarden Euro kosten. Die Raumfahrtagenturen von fünf Ländern setzten 1998 den Startschuss für das Projekt: die US-amerikanische NASA, die russische Roskosmos, die europäische Weltraumorganisation ESA, die Raumfahrtagenturen Kanadas (CSA) und Japans (JAXA). Sie unterschrieben Verträge in Milliardenhöhe, nur konnten sie sich auf keinen Namen für die Station einigen. Ursprünglich sollte sie *Freedom* heißen. Ronald Reagan hatte sich den Namen schon 1984 für eine riesige Station ausgedacht, die die *MIR* in jeder Hinsicht übertreffen und die Vormachtstellung der Amerikaner demonstrieren sollte. Gebaut wurde sie allerdings im Gegensatz zur *MIR* nie, deshalb versuchte man das Projekt zumindest noch irgendwie in die neue Ära nach dem Kalten Krieg hinüberzuretten. Für ein internationales Gemeinschaftsprojekt keine so gute Idee. Da hätte der Name der rein russischen Station besser gepasst: *MIR* heißt auf Russisch »Frieden«. Die erste Mannschaft unter dem Amerikaner Bill Shepherd nannte die neue Internationale Raumstation *Space Station Alpha*, nach dem ersten Buchstaben im griechischen Alphabet. Das empörte die Russen, denn die *MIR* war zu dieser Zeit (1998), schon 12 Jahre lang im All. Die Russen sollen wiederum mit dem Vorschlag *Atlant* abgeblitzt sein – für die Amerikaner undenkbar: War doch die mythische Insel Atlantis laut Platon »innerhalb eines einzigen Tages und einer unglückseligen Nacht« untergegangen. Dieses schlechte Omen wollte man der Raumstation nicht aufbürden. Die Japaner brachten sich mit einem Vorschlag ein: Sie wollten die ISS *Camelia* taufen, nach dem blühenden Teestrauchgewächs Kamelie. Die Deutschen konnten rechtzeitig ihr Veto einlegen, schließlich sollte das Jahrhundertprojekt doch nicht mit einer Damenbinde in Verbindung gebracht werden.

# K

### Katys, Georgi

Georgi Katys sollte im Oktober 1964 als Wissenschaftler auf der sowjetischen *Woschod 1* mitfliegen. Der KGB hat seine Arbeit zwar sehr spät, aber dann doch gemacht: Denn der Ingenieur wurde von der Mannschaftsliste gestrichen, als doch noch bekannt wurde, dass sein Vater als Staatsfeind hingerichtet worden war und dass Georgi Geschwister hatte, die in Frankreich lebten. Damit war er als Kosmonaut ungeeignet. Katys war später am Bau des Mondautos *Lunochod* beteiligt.

### Komarow, Wladimir Michailowitsch

Am 23. April 1967 startete Wladimir Michailowitsch Komarow – Mitglied der Ersten Kosmonautengruppe der Sowjetunion – das Raumschiff *Sojus 1* vom sowjetischen Weltraumbahnhof Baikonur. Komarow wusste wie viele andere auch, dass die Sojus noch nicht reif war für die bemannte Raumfahrt. Er sagte zu seinen Freunden, dass er bei der Mission sterben würde. Doch er musste starten: Trat er zurück, würde sein enger Freund Juri Gagarin als Ersatzmann starten müssen. Obwohl mehr als 200 Technikprobleme protokolliert wurden, ordnete Staatschef Leonid Iljitsch Breschnew ein besonderes Ereignis an: Zwei Kosmonauten sollten von einem Raumschiff zum anderen überwechseln. Juri Gagarin versuchte seinen Promistatus zu nutzen und schrieb ein umfassendes Memorandum, in dem er die Mängel aufzeigte und um einen Aufschub des Starts bat. Doch seine Warnungen blieben ungehört. Komarow führte während des Fluges Funkgespräche mit dem damaligen Premierminister Alexei Kossygin und seiner Frau Walentina. Daneben verlas er eine Grußbotschaft an das sowjetische Volk. Doch dann tauchten Stabilisationsprobleme auf, zahlreiche Fehlfunktionen machten die Lage gefährlich. Amerikanische Abhörstationen fingen Gerüchten zufolge die letzten Funksprüche auf. Sie wollen gehört haben, wie Komarow schrie und die Menschen verfluchte, die ihn in ein »verpfuschtes Raumschiff« gesetzt hätten. Komarow leitete am 24. April 1967 nach 18 Erdumkreisungen den Landevorgang ein. Der Fallschirm der Landekapsel entfaltete sich nicht, der Reserveschirm verfing sich mit dem Hilfsschirm. Komarow stürzte ungebremst auf die Erde, sein Körper schmolz beim Aufprall. Er war der erste Mensch, der bei einer Weltraummission starb.

### Kononenko, Oleg – der Klempner im Weltraum

Der Russe Oleg Kononenko hat sich seinen Einsatz im Weltraum vermutlich anders vorgestellt. Im Mai 2008 musste er sich als Klempner betätigen. Die Toilette auf der *ISS* war nach sieben Jahren kaputt, der Kosmonaut brauchte zwei Stunden, um eine neue Pumpe einzubauen. Die Space-Toilette nach russischer Bauart hatte mehrere Millionen Euro gekostet. In letzter Minute war die Ersatzpumpe von Moskau nach Florida gebracht worden, um sie mit der Discovery zur *ISS* zu bringen.

**Kosmos 133**

*Kosmos 133* war der Codename für den unbemannten Testflug einer neuen Rakete: der Trägerrakete Sojus. Die ersten beiden Exemplare sollten am 28. November 1966 mit einem Abstand von 24 Stunden vom Weltraumbahnhof Baikonur aus ins All starten und ein Rendezvous samt Kopplung im Orbit durchführen. Das erste unbemannte Raumschiff startete problemlos, zündete einige Stunden später allerdings aus ungeklärten Gründen seine Düsen und verbrauchte den gesamten Treibstoff. Das geplante Rendezvous mit dem zweiten Sojus-Raumschiff war damit hinfällig, der Start wurde abgesagt. Das Raumschiff Nummer eins rotierte unkontrolliert, die Flugbahn führte nicht mehr über die Sowjetunion, und es war nicht klar, ob es aufgrund der geringeren Höhe in der Erdatmosphäre verglühen würde. Die Ingenieure hatten für diesen Fall einen Selbstzerstörungsmechanismus eingebaut, der ausgelöst werden konnte, bevor es in China landete. Doch das war nur ein Vorgeschmack auf die Katastrophe, die beim nächsten Start folgen sollte: Am 14. Dezember 1966 wurden alle Triebwerke der Sojus gezündet, die Rakete blieb jedoch bewegungslos auf der Startrampe stehen. Noch war nicht klar, was schiefgelaufen war. Nach einer halben Stunde begannen die Ingenieure, die Rakete zu sichern und die Tanks zu entleeren. Plötzlich zündete der Rettungsturm, das Raumschiff schoss 600 Meter in die Höhe und landete in 300 Metern Entfernung. Der Rettungsturm stand in Flammen, die Rakete explodierte und tötete mehrere Techniker. Die genaue Opferzahl ist unklar. Der Rettungsturm, der eigentlich der Sicherheit dienen sollte, war zur Todesfalle geworden.

# L

**Lasarew, Wassili Grigorjewitsch**

Der Kosmonaut wurde 1975 zum Kommandant von *Sojus 18-1* ernannt. Der Start der Sojus-Rakete musste nach Versagen der letzten, dritten Stufe abgebrochen werden – die Kosmonauten absolvierten lediglich einen ballistischen Flug über 1.574 Kilometer, drangen jedoch nicht in den Orbit vor. Lasarew wurde später befördert, er starb 1990 an den Folgen einer Alkoholvergiftung.

**Lasutkin, Alexander**

Die Raumstation *MIR* und ihre Besatzung entkam im Juni 1997 nur knapp einer Katastrophe. Bei einem Andockmanöver stieß ein Versorgungsraumschiff so unglücklich mit der *MIR* zusammen, dass es ein drei Quadratzentimeter großes Loch in die Außenhaut des *MIR*-Forschungsmoduls *Spektr* riss. Aus dem Loch strömte Sauerstoff ins All, die Energieversorgung fiel aus, und die Raumstation geriet völlig außer Kontrolle. Dem Kosmonauten Alexander Lasutkin und seinen Kollegen gelang es nach zwei Tagen, das Loch zu stopfen. Und das bei Dunkelheit, ohne Klimaanlage und Wasser. »Wir wussten genau: Wenn wir jetzt einschlafen, wachen wir vielleicht nie mehr auf«, wird Lasutkin zitiert.

Lasutkin erzählte später, dass sie das Leck in einem Rohr nur deshalb flicken konnten, weil sie es durchsägten. Sie löteten sich eine Minisäge, nicht viel länger als eine Rasierklinge. Der Raum zwischen den Rohren war maximal drei Zentimeter lang. »Als ich anfing zu sägen, dachte ich an einen Zeitungsartikel, den ich einmal gelesen hatte: über einen Ausbrecher. Der sägte die Gitterstäbe der Zelle mit Fäden aus seinem Hemd durch, die er mit Kerzenwachs imprägniert hatte.« Die Techniker auf der Erde suchten inzwischen nach einer Lösung. Das Ergebnis: Es ist unmöglich, ein Rohr in einem so engen Zwischenraum zu durchtrennen. Die Kosmonauten schafften es trotzdem, denn es ging um ihr Leben. (aus einem Interview, das Stefan Scholl 2008 für »Brand Eins« führte)

**Lebedew, Walentin**

Walentin Lebedew schreibt in seinem Tagebuch »Diary of a Cosmonaut: 211 Days in Space«, dass Zwiebelknollen auf die russische Raumstation *Saljut 4* gebracht wurden, um biologische Experimente durchzuführen. Lebedew schreibt: »We planted fresh onion. To tell you the tuth, we were supposed to plant four onion bulbs.« Man beachte das Wort »supposed« – sollten. Die Kosmonauten aßen die Zwiebelknollen sofort mit etwas Brot auf. Sie berichteten trotzdem der Bodenkontrolle laufend über das Gedeihen der Zwiebel. Die Lüge kam auf, als Lebedew behauptete, die Zwiebeln hätten sogar »shoots« (Triebe). (auch in: Sandra Häuplik-Meusburger: Architecture for Astronauts, Springer Verlag 2011)

**Leonow, Alexei**

Leonow war der erste Mensch, der einen »spacewalk« machte. Er verließ am 18. März 1965 das Raumschiff *Woschod 2* für 12 Minuten und schwebte bei einem Außenbordeinsatz im freien Weltraum. Er war nur durch eine 4,5 Meter lange Sicherheitsleine mit seinem Raumschiff verbunden. Die Aktion wäre für Leonow fast zum Verhängnis geworden. Denn der Raumanzug hatte sich durch den Druckunterschied im Vakuum des Weltraums stark aufgebläht. Leonow passte nicht mehr durch die Luke zum Raumschiff. Der Kosmonaut Leonow erzählt noch heute: »Ich war allein … Ich habe keine Informationen weitergegeben … sonst hätten sie auf der Erde eine Kommission gebildet … und ich hatte noch Sauerstoff für eine halbe Stunde.« Er improvisierte und ließ Luft aus seinem Anzug ab, bis er so weit zusammengeschrumpft war, dass er wieder in das Raumschiff zurückkehren konnte.

Ein Hazardspiel: je weniger Sauerstoff, umso weniger Zeit, ins Raumschiff zu kommen. Er schaffte es. Der Ausflug mit *Woschod 2* forderte von Leonow noch einmal Improvisationstalent. Der Kosmonaut musste nach der Landung gemeinsam mit seinem Kollegen Pawel Beljajew zwei Tage im tief verschneiten Sibirien warten, bis sie von Bergungsmannschaften gerettet wurden. Der Weltraumausflug war geheim gehalten worden, deshalb trug er ihm eine spontane Kritik ein, sein Vater schimpfte vor versammelten Journalisten: »Warum benimmt er sich wie ein Halbstarker? Alle anderen erfüllen ordentlich ihre Mission in ihren Raumschiffen. Was hat er da draußen zu suchen?« (zitiert nach Gerhard Hertenberger: Aufbruch in den Weltraum, Seifert Verlag 2009)

**Linenger, Jerry**

Jerry Linenger war im Jahr 1997 insgesamt rekordträchtige 132 Tage lang auf der russischen Raumstation *MIR*. Er war der erste amerikanische Astronaut, der einen sowjetischen Kosmonautenanzug bei einem Außenbordeinsatz trug. Linenger schrieb während seines Aufenthaltes Briefe an seinen Sohn John – dieser war 14 Monate alt gewesen, als Linenger zur *MIR* aufgebrochen war. Der Astronaut sprach auch via Satellit mit seiner Mutter. Sie fragte ihn, ob er schon besser schlafe. Sie hätte gehört, er würde schlecht schlafen. Linenger schrieb in seinen Briefe aus dem All an seinen Sohn: »Das toppt alles! Ich bin im Weltraum. Schlafe hervorragend. Und ich hatte, soviel ich weiß, keinen Besuch in letzter Zeit. Aber sie hat von jemandem gehört, dass ich nicht gut schlafe. Egal, mein Sohn, die Lektion ist folgende: Glaube nie, was du hörst.«

**Lucid, Shannon (1)**

Die US-amerikanische Astronautin Shannon Lucid war bei ihrem fünften Raumflug im Jahr 1996 insgesamt 188 Tage lang im Weltraum, 179 davon auf der russischen Raumstation *MIR*. Das ist nach wie vor amerikanischer Rekord und Weltrekord für alle bisherigen Astronautinnen. Lucid schrieb zahlreiche, sehr offene Briefe nach Hause, die humorvoll über ihren Aufenthalt auf der *MIR* berichten. Mit ihr an Bord waren Juri Onufrijenko und Juri Ussatschow. Juri und Juri bereiteten sich auf einen EVA – einen Außenbordeinsatz – vor. Kurz vor dem Ausstieg legte einer der beiden Juris ein großes rotes Band quer über die Kommunikationsmodule, die Lucid keinesfalls während des Ausstiegs berühren durfte. Er hatte das bereits beim ersten EVA getan, und es wurde zur Tradition. »Ich glaube, wenn ich als Commander einen Fremden allein in meinem Raumschiff zurücklassen würde, würde ich den ganzen Platz mit einem roten Tuch abdecken«, meinte Lucid.

**Lucid, Shannon (2)**

Als der Progress-Raumtransporter frische Lebensmittel und persönliche Pakete auf die *MIR* brachte, erhielt die NASA-Astronautin Shannon Lucid Post von ihren Töchtern – sorgsam ausgewählte Bücher. Lucid schnappte sich eines davon und las es schnell aus. Was dann folgte, beschrieb sie selbst so: »Ich kam zur letzten Seite, und der Held, der von einem wilden Mob gejagt wird, entkommt, indem er durch einen Spiegel steigt. Ende. Fortsetzung in Teil 2. Und war da irgendwo Teil 2 in meiner Buchtasche? Nein. Konnte ich zum nächsten Buchladen rennen? Nein. Wir reden hier über ein Gefühl der totalen Isolation und Frustration!!! Du würdest nie glauben, dass dich erwachsene Kinder mit ihren guten Absichten total frustrieren können, während du im erdnahen Orbit bist, aber glaub mir, sie können.«

# M

**Mars 240**

Zwischen Juli 1999 und März 2000 startete ein Isolationsexperiment am Institut für Biomedizinische Probleme in Moskau. Mit dem Experiment sollte untersucht werden, welche Dynamik sich in einer Crew bildet und welche Persönlichkeitstypen am besten für einen Marsflug geeignet wären. Der Rückflug vom Mars würde 240 Tage lang dauern. Eine russische Gruppe von vier »Kosmonauten« wurde deshalb 240 Tage in einem Container eingesperrt. Eine zweite Gruppe (drei Russen, ein Deutscher) verbrachte 110 Tage mit den vier Kosmonauten, ohne jegliche Probleme. Danach stieg eine dritte Gruppe in das Experiment ein – ein Österreicher, ein Japaner, ein Russe und eine Kanadierin. Zu Neujahr kam es zu einer Prügelei zwischen einem Russen der ersten Gruppe und einem Russen der dritten Gruppe, außerdem versuchte ein Russe der ersten Gruppe die Kanadierin gegen ihren Willen zu küssen. Während die einen darin einen Vergewaltigungsversuch sahen, sprachen die Russen von einer in Russland üblichen Party und dass die Kanadierin sich mit einer Ohrfeige hätte wehren sollen. Das Experiment wurde ohne den Japaner fortgesetzt – er stieg aus. Interessant für die Forscher: Wie hat sich der Hormonspiegel der Besatzung verändert?

**Mars 500**

Von 3. Juni 2010 bis 4. November 2011 nahmen drei Russen, ein Chinese, ein Italiener und ein Franzose an einem Langzeit-Experiment der russischen Raumfahrtbehörde Roskosmos und der ESA teil. Das russische Institut für Biomedizinische Probleme wollte einen Mars-Flug in einem Container simulieren und herausfinden, wie sich das Zusammenleben auf engstem Raum auf die Astronauten auswirkt. Nach 520 Tagen zeigte sich: Es gab Unstimmigkeiten wegen ungleicher Arbeitsteilung. Zudem kam es zu Neid zwischen den Teilnehmern, wenn ein Teilnehmer mehr Nachrichten von seiner Partnerin oder der Familie erhielt als ein anderer.

**Mars Climate Orbiter**

Die NASA-Sonde sollte 1999 das Klima auf dem Mars untersuchen, und zwar aus dem Orbit. Doch die NASA verlor den Kontakt zur Sonde. Wegen eines Navigationsfehlers war sie zu nahe an den Roten Planeten herangeflogen und in der Marsatmosphäre verglüht. Der Fehler war die peinlichste Panne seit Langem: die NASA und das Unternehmen, das die Navigationssoftware lieferte, verwendeten unterschiedliche Maßeinheiten. Die NASA rechnete mit dem international üblichen metrischen System, die Firma Lockheed verwendete das amerikanische System. Beide Wissenschafterteams hatten den Fehler nicht bemerkt. Kostenpunkt: 193 Millionen US-Dollar.

**Mars Express – Die Kamera, die keine Bilder macht?**

Am 2. Juni 2003 startete die europäische Sonde *Mars Express* zum Roten Planeten. Ihre Aufgabe: die Topografie des Mars so dreidimensional darzustellen, dass man das Gefühl hat, durch Gräben und Täler hindurchzuwandern. Die Kamera wurde noch während des Flugs zum Mars zur Erde hingedreht und lieferte den Beweis, dass sie den Start vom Weltraumbahnhof Baikonur gut überstanden hatte: Aus knapp acht Millionen Kilometern Entfernung schoss die Kamera hervorragende Testaufnahmen von Erde und Mond. Als die Sonde dann nur noch 5,5 Millionen Kilometer vom Roten Planeten entfernt war, gelang die nächste Aufnahmeserie. Helle und dunkle Flächen – die Strukturen des Mars

– waren deutlich zu erkennen. Am 25. Dezember 2003 erreichte *Mars Express* ihr Ziel – und sorgte für einen Schock: Die Stereokamera blickte erstmals ganz dicht über den Mars hinunter und lieferte ein fast weißes Bild. »Da haben wir alle erst einmal geschluckt«, erinnerte sich Experimentmanager Ralf Jaumann vom Deutschen Zentrum für Luft- und Raumfahrt. Funktionierte die Kamera nicht mehr? Die Techniker forschten intensiv nach dem Problem, und es zeigte sich: Die Sensitivität der Kamera war nahe am Mars viel größer als erwartet, die erste Aufnahme war »überbelichtet«. Zwei weitere Mars-Umkreisungen später wurde dann mit der richtigen Belichtungszeit aus 277 Kilometern Höhe die erste von vielen sehr guten Aufnahmen gemacht.

**Mitchell, Edgar**

Edgar Mitchell war 1971 als sechster Mensch auf dem Mond. Er war der Pilot der Landefähre von *Apollo 14*. Bei zwei Ausstiegen verbrachte er insgesamt neun Stunden auf dem Erdtrabanten. Mitchell glaubte fest an Außerirdische und dass es schon öfter Kontakt mit ihnen gegeben hatte.

## N

**Nedelin-Katastrophe**

Am 24. Oktober 1960 kam es auf dem Abschussgelände von Tjuratam, eines streng geheim gehaltenen Versuchsgeländes in der ehemaligen Sowjetunion, zur schwersten Katastrophe der Raketentechnik – zum Nedelin-Desaster. Beim Fehlstart einer unbemannten Rakete kamen 126 Menschen an der Startrampe in den Flammen um, darunter 57 hohe Militärs, und Mitrofan Nedelin, Chef der strategischen Raketentruppen.

Nedelin hatte zuvor trotz eines Lecks in einem Treibstofftank massiv Druck gemacht, den Start vor geladenen hohen Militärs durchzuführen. Er setzte sich demonstrativ nur acht Meter von der Rakete entfernt hin. Militärangehörige und Techniker sahen sich dadurch gezwungen, neben ihm Platz zu nehmen. Der Sicherheitsbunker blieb leer. Der Konstrukteur der Rakete überlebte das Unglück völlig unverletzt. Er hatte sich zum Zeitpunkt der Explosion gemeinsam mit Kollegen in einer Raucherzone befunden. Das Rauchverbot in der Nähe der Rakete hatte ihm das Leben gerettet. Unbestätigte Berichte gehen von bis zu 200 Toten aus.

**Neljubow, Grigori Grigorjewitsch**
**– Der Kosmonaut, der nie im Weltraum war**

Neljubow gehörte zur Ersten Kosmonautengruppe der Sowjetunion. Doch er wurde der ewige Ersatzmann. Für *Wostok 1* war er der zweite Ersatzmann für Juri Gagarin und für *Wostok 2* war er der Ersatzmann für German Titow. Für den Doppelstart für *Wostok 3* und *Wostok 4* war er wieder auf der Ersatzliste. Nebuljow wurde im März 1963 betrunken mit zwei weiteren Kosmonauten auf dem Militärflugplatz Tschkalowski beim Sternenstädtchen aufgegriffen. In den Berichten steht, dass er sich nur bei den Sicherheitskräften für sein Fehlverhalten entschuldigen hätte müssen, und die Sache wäre erledigt gewesen. Neljubow entschuldigte sich nicht. Er wurde gemeinsam mit den zwei anderen Kosmonauten entlassen. 1966 brachte er sich um, indem er betrunken vor einen Zug sprang.

**Nowak, Lisa**

Die US-amerikanische Astronautin Lisa Nowak war im Juli 2006 nur ein einziges Mal im Weltraum. Die verheiratete

Mutter dreier Kinder und Kapitän der Marine stand neben dem deutschen Astronauten Thomas Reiter kurz im Rampenlicht. Nachhaltig berühmt wurde sie jedoch ein halbes Jahr später durch ein Eifersuchtsdrama. Sie hatte sich heimlich in den Shuttle-Piloten William Oefelein verliebt. Als sie erfuhr, dass Colleen Shipman mit Bill Oefelein in engem E-Mail-Kontakt stand, spürte sie die Rivalin auf. Sie fuhr – bekleidet mit Perücke, Sonnenbrille und Trenchcoat – 1.500 Kilometer von Houston nach Orlando, um der Nebenbuhlerin am Flughafen aufzulauern. Für die lange Fahrt zog sie NASA-Windeln an, um unterwegs nicht anhalten zu müssen. Als sie ihre Rivalin fand, versuchte diese sich im Auto zu verschanzen. Nowak konnte ihr durch den Schlitz im Seitenfenster noch eine Chemikalie ins Auto sprühen. Daraufhin rief die Frau die Polizei. Die Beamten konnten bei Nowak eine Luftdruckpistole, ein Klappmesser, einen Hammer, einen Gummischlauch, Pfefferspray und Gummihandschuhe sicherstellen. Einige Berichte sprechen auch von einer CD mit Nacktfotos einer Frau in Fessel-Sexszenen. Mit im Gepäck hatte sie jedenfalls auch einen Liebesbrief von Colleen an Bill. Sie kannte nämlich das Computerpasswort und besaß den Wohnungsschlüssel des Astronauten, mit dem sie eine Affäre hatte. Nowak drohte zunächst eine Anklage wegen Mordversuchs und versuchter Entführung und damit eine lebenslange Haft. 2009 fiel das Urteil: ein Jahr auf Bewährung wegen versuchter Entführung, bewaffneten Diebstahls und Körperverletzung, die Mordanklage wurde fallen gelassen. 2011 wurde sie unehrenhaft aus der Marine entlassen. Oefelein schied schon im Juni 2007 aus der NASA aus.

# O

**Objekt Nummer 39141**
Bei einem Außenbordeinsatz der *ISS* glitt im April 2013 einem Kosmonauten ein Bauteil aus den Händen. Das Bauteil war nicht gerade winzig: Ein elf Kilogramm schweres Teil stürzte Richtung Erde. Es bestehe keine Gefahr für Menschen und Gebäude, erklärte eine Sprecherin der russischen Raumfahrtbehörde Roskosmos. Das Bauteil wurde sofort als kosmisches Objekt Nummer 39141 registriert. Es ist vermutlich beim Eintritt in die Atmosphäre verglüht.

# P

**Parmitano, Luca – Der Astronaut, der fast ertrank**
Im Juli 2013 musste der ESA-Astronaut Luca Parmitano seinen Außeneinsatz an der Internationalen Raumstation *ISS* nach nur einer Stunde abbrechen. Er drohte zu ertrinken. Im Helm des Italieners hatte sich Wasser angesammelt, und es wurde immer mehr. Parmitano bemerkte das Wasser zuerst am Hinterkopf, dann geriet es ihm in die Augen. Flugdirektor David Korth ordnete das vorzeitige Ende des Einsatzes an. Der Außeneinsatz des Italieners war auf rund sechs Stunden anberaumt gewesen. Es stellte sich heraus, dass sich ein bis eineinhalb Liter Wasser im Weltraumanzug von Parmitano angesammelt hatten. »In der Schwerelosigkeit ballt sich Wasser zu einem großen Klumpen zusammen. Es fließt nicht notwendigerweise hinunter in den Anzug ab, und es gibt nicht viel absorbierendes Material innerhalb des Helms«, wird die für Außeneinsätze zuständige NASA-Expertin Karina Eversley zitiert. Parmitano erzählte, dass er auf dem Weg zurück zur Luftschleuse nichts mehr gesehen habe und sich auf

sein Gedächtnis verlassen musste. »Stellen Sie sich vor, Sie müssen mit geschlossenen Augen, den Kopf in einem Goldfischglas, herumlaufen«, sagte er.

### Petrow, Stanislaw – Atomkrieg verhindert

Am 23. September 1983 kam es beinahe zum Atomkrieg. In der Kommandozentrale der sowjetischen Satellitenüberwachung brach Alarm aus. Das System meldete anfliegende amerikanische nukleare Interkontinentalraketen. Der leitende Offizier Stanislaw Petrow bewahrte Ruhe: Er meldete den Vorfall nicht weiter und brach damit sämtliche Dienstvorschriften. Er meldete einen Fehlalarm. Dadurch verhinderte er den Gegenschlag und den Start von sowjetischen Atomraketen. Wie sich später herausstellte, hatte ein sowjetischer Satellit Lichtreflexionen über der Raketenbasis in Montana in den USA als Raketenstarts fehlinterpretiert.

### Pischgam – die Verwandlung des Weltraumaffen

Der Iran verkündete im Februar 2013 stolz den Beginn einer neuen Ära der iranischen Raumfahrt: Er hatte einen Affen ins All geschickt. Als Beweis veröffentlichten die iranischen Behörden ein Foto des Weltraumaffen *Pischgam* vor dem Abflug in der Raumkapsel und eines nach der Landung. *Pischgam* trägt den bedeutungsvollen Namen »Pionier«. In den sozialen Netzwerken wurde der Affe rasch berühmt, denn vor der Landung hatte das Tier ein helles Fell und einen roten Leberfleck über dem rechten Auge, nach der Landung war der Leberfleck weg und das Fell deutlich dunkler. Wie das? Die Facebook-Gemeinde amüsierte sich köstlich. Die iranischen Behörden reagierten zunächst nicht auf die Enthüllungen, später jedoch wurde eine Verwechslung bei den Fotos eingestanden. Das Foto vor dem

Raumflug sei aus dem Archiv. Der Flug sei jedoch erfolgreich verlaufen.

### Plessezk – der gefährlichste Startplatz der Welt

Am 26. Juni 1973 kamen bei der Explosion einer Kosmos-3M-Rakete auf der Startrampe des Kosmodroms Plessezk neun Menschen ums Leben.

Am 18. März 1980 explodierte die *Wostok-2M-Rakete* direkt an der Startrampe beim Auftanken. 48 Menschen starben bei der Explosion der Rakete.

Am 15. Oktober 2002 stürzte eine russische Sojus-Rakete am Startplatz Plessezk ab und explodierte. Die Druckwelle tötete einen Soldaten in einem Nachbargebäude.

Am 9. November 2013 starben zwei Soldaten beim Reinigen eines Kraftstofftanks, drei weitere Soldaten wurden verletzt.

## R

### Ramon, Ilan

Der Kampfpilot Ilan Ramon war der erste Astronaut aus Israel, der in den Orbit flog. Er wurde bei der *Columbia*-Katastrophe am 1. Februar 2003 getötet, als die Raumfähre beim Wiedereintritt in die Atmosphäre auseinanderbrach. Ramon war zwar nicht der erste Jude, der ins All flog, aber er nahm als erster eine Bibel, eine Tora, und mehrere Mesusot mit sowie koscheres Essen. Er hielt auch den Sabbat ein. Und das, obwohl er nicht religiös war. Einige Tage nach dem Unglück wurden Reste seines Tagebuchs gefunden. Rund 30 Seiten wurden vom Israel Museum in Jerusalem transkribiert. Laut »Israel heute« hatte Ramon am 6. Tag notiert: »Heute war der erste Tag, an dem ich gefühlt habe, dass ich wirklich im Weltraum lebe. Ich bin ein Mensch geworden, der im Weltraum lebt und arbeitet.« Der Flug mit der *Columbia* war übrigens der erste Friedenseinsatz des Kampfpiloten. Er hatte zuvor den Irakkrieg und die Belagerung Beiruts überlebt.

**Reiter, Thomas**

Der deutsche Astronaut Thomas Reiter war 1995 ein halbes Jahr lang auf der russischen Raumstation *MIR*. Dort machte er, wie er selbst sagte, interessante Erfahrungen mit dem ungefilterten Sonnenlicht. Als die Sonne einmal 30 Sekunden durch das Kabinenfenster auf seinen nackten Arm schien, bekam er sofort einen sehr schmerzhaften Sonnenbrand.

**Ride, Sally**

Sally Ride war die erste US-amerikanische Astronautin im All. Sie war nach Walentina Tereschkowa und Swetlana Sawizkaja die dritte Frau, die in den Weltraum flog. Bei ihren Missionen in den Jahren 1983 und 1984 war sie insgesamt 343 Stunden lang im All. Sie starb 2012 an Bauchspeicheldrüsenkrebs. Sie war nicht der einzige Krebsfall unter den Astronauten: John Swigert (*Apollo 13*) starb 1982 an Knochenkrebs. Walter Schirra (*Mercury*, *Gemini*, *Apollo*) starb 2010 an Krebs.

## S

**Sanktionen »light«:**

Die Krimkrise hatte im April 2014 auch Folgen für den Weltraum. Die US-Raumfahrtbehörde NASA rief Sanktionen gegen

Russland aus: NASA-Mitarbeiter durften nicht mehr nach Russland reisen, keine Tagungen, keine Mails, keine Videokonferenzen mit russischen Kollegen. Großmut bewiesen die Amerikaner hingegen bei der Auslegung der Sanktionen in Bezug auf die ISS. Die mit Russland vereinbarten Starts zur ISS würden planmäßig stattfinden, erklärte Präsident Obama. Fakt ist, dass die Amerikaner seit dem Ende des Shuttle Programms auf die russische Sojus angewiesen sind. Russland teilte mit, außer der ISS gebe es ohnehin keine Zusammenarbeit.

**Sawizkaja, Swetlana**

Swetlana Sawizkaja war nach Walentina Tereschkowa die zweite Frau im All und die erste, die einen Weltraumspaziergang unternahm. Bei ihrem dritten Flug war etwas Besonderes geplant: Sie sollte 1984/85 eine reine Frauenmannschaft ins All bringen. Der Flug der drei Russinnen wurde abgesagt, weil die Kommandantin schwanger wurde.

**Schirra, Walter**

Kommandant Walter Schirra bekam während der Apollo-7-Mission 1968 eine Erkältung. Er steckte den Rest der Mannschaft mit seinem Schnupfen an. Die Stimmung in der Apollo war nach elf Tagen mehr als gereizt. Die drei Crewmitglieder weigerten sich bei der anstehenden Landung ihre Helme aufzusetzen. Sie hatten Angst, dass ihr Trommelfell platzen würde. Die Diskussionen mit der Bodenkontrolle eskalierten, nur so viel: Keiner der drei flog jemals wieder ins All. Vielleicht war dieser Zwischenfall der Auslöser für eine Innovation. Die NASA führte jedenfalls 1970 die Isolation für Astronauten vor dem Start ein. (Aus: Chris Hadfield: Anleitung zur Schwerelosigkeit, Heyne Verlag)

**Scott, David Randolph – Stampgate**

Der NASA-Astronaut David Randolph Scott wurde durch sein Experiment auf dem Mond bekannt: Er demonstrierte, dass eine Feder und ein Hammer gleich schnell auf den Mondboden fallen. Er war mit der *Apollo 15* auf dem Mond und damit der siebente Mensch auf dem Erdtrabanten. Scott und seine Kollegen James Irwin und Al Worden wollten mit dem Mondflug nicht nur berühmt werden, sondern auch die Reisekasse aufbessern. Sie nahmen zusätzlich zu den 250 von der NASA genehmigten Briefumschlägen mit Ersttagsstempeln weitere 400 mit – und verkauften sie später einem Händler, der die Briefumschläge um 1.500 Dollar pro Stück anbot. »An sich war das nicht verboten, denn jeder Astronaut durfte eine Tasche mit persönlichen Gegenständen mitnehmen. Viele nahmen kleine Medaillons oder Anstecknadeln mit, die sie später an Familie und Freunde verschenkten oder vielleicht auch verkauften. Im Lauf der Apollo-Missionen nahm der Umfang dieser persönlichen Andenken aber immer mehr zu, so dass Offizielle bereits Bedenken wegen des steigenden Gewichts hatten. So hatten Astronauten der *Apollo 14* einige Silbermünzen mitgenommen, die anschließend eingeschmolzen und mit weiterem Silber vermischt worden waren, um daraus Gedenkmünzen zu prägen, die öffentlich verkauft wurden.« (aus: Brigitte Röthlein: Der Mond. Dtv Premium, 2008)

Die NASA statuierte an der *Apollo 15*-Mannschaft ein Exempel: Alle Ehrungen wurden abgesagt, ein Disziplinarverfahren eingeleitet und die Mannschaft als Ersatzmannschaft für *Apollo 17* abgesetzt.

**Space Shuttle**

30 Jahre lang brachte das Space Shuttle die Astronauten ins All. Seit 2011 bringt eine »vergleichsweise winzige Sojus« die

Astronauten und Kosmonauten auf die Internationale Raumstation. Der Astronaut Chris Hadfield beschreibt in seinem Buch »Anleitung zur Schwerelosigkeit« aus dem Heyne Verlag ein Folgeproblem: einige Astronauten, die vor 2011 ausgebildet wurden, sind jetzt schlichtweg zu groß für die winzige Sojus. »Die Wahrscheinlichkeit, dass sie die Erde verlassen werden, ist zurzeit gleich null«, so Hadfield.

### Stefanyshyn-Piper, Heidemarie – die Werkzeugtasche im All

Die US-amerikanische Astronautin verlor am 18. November 2008 während der Wartungsarbeiten an der Internationalen Raumstation *ISS* ihre Werkzeugtasche im All. Es war ihr erster Weltraumspaziergang, und er dauerte sechs Stunden lang. Stefanyshyn-Piper kommentierte das Missgeschick mit den Worten: »Oh, great!« Die Livekamera zeichnete auf, wie ihr die Werkzeugtasche in einem unachtsamen Moment entglitt. Sie hatte versucht, das Schmierfett, das aus einer Werkzeugpistole ausgelaufen war, mit einem Tuch zu entfernen. Die Astronautin hatte die Aufgabe, das Drehgelenk eines Sonnensegels der *ISS* zu reinigen. Sie konnte ihre Arbeit fortsetzen und das Werkzeug ihres Kollegen Steve Bowen mitverwenden. Die Tasche war übrigens achteinhalb Monate von der Erde aus sichtbar, bis sie schließlich beim Erdeintritt verglühte.

## T

### Titow, German Stepanowitsch (1) – Die seltsame Krankheit

Der Kosmonaut war erst 25 Jahre alt und damit bis heute der jüngste Raumfahrer, als er im August 1961 mit der *Wostok*

*2* ins All startete. Er war der zweite Mensch im Weltraum. Titow brach noch weitere Rekorde: Er verbrachte 25 Stunden im Weltraum, und er umrundete die Erde mehr als einmal, nämlich 17-mal. Doch das alles ist nur eine kleine Fußnote im Lexikon der Weltraumfahrt. Dabei hätte er die Chance gehabt, in die große Raumfahrer-Geschichte einzugehen: Er war mit Juri Gagarin und Grigori Grigorjewitsch Neljubow in der engsten Auswahl für den ersten Raumflug der Sowjetunion, am 12. April 1961 startete dann allerdings Gagarin mit *Wostok 1*. Titow wurde auf die Startliste für *Wostok 2* gesetzt. Die Entscheidung war wohl richtig. Denn Titow litt an einer eigenartigen Krankheit, ihm war übel, und er musste sich sogar im All übergeben. Später war klar: Titow hatte noch eine Pionierleistung vollbracht – er war der erste Mensch, der an der bis dahin unbekannten Weltraumkrankheit litt.

**Titow, German Stepanowitsch (2) – Der trinkende Held**

Der jüngste Kosmonaut aller Zeiten war nach seiner Rückkehr mit der *Wostok 2* ein Held der Sowjetunion. Das stieg ihm zu Kopf. Er betrank sich in der Öffentlichkeit, verursachte mehrere Verkehrsunfälle und beleidigte hochrangige Militärs. Seine Disziplinlosigkeit wurde geduldet, bis 1963 eine Mappe mit geheimen Dokumenten und Zutrittspässen aus seinem Auto gestohlen wurde. Die Situation eskalierte schließlich 1969, als ihm für zwei Jahre der Führerschein und der Flugschein entzogen wurden – und das, obwohl er ein hochrangiger Testpilot war. Insgesamt wurden Titow zehn »Disziplinarvergehen« (Vergehen eines Beamten gegen die Dienstvorschriften) angelastet – und das innerhalb von neun Jahren.

### Traumvilla ohne Hörschaden

»Die Traumvilla erfüllt alle Wünsche: 13 Zimmer, 1.200 Quadratmeter Wohnfläche, unverbaute Lage, freier Blick auf sieben Weltmeere. Der Strom kostet nichts, Solarzellen versorgen das Haus mit Energie. Nur die schlechte Verkehrsanbindung stört ein wenig.« So begann der Spiegel im Jahr 1998 seine Geschichte über den Aufbau der Internationalen Raumstation. Damals wurde gerade der erste Teil der Raumstation ins All geschossen. Die Traumvilla sollte ein Manko der altersschwachen *MIR*-Station beseitigen. Auf der *MIR* erzeugten die Ventilatoren einen Lärmpegel wie im Inneren eines Staubsaugers. Russische Raumfahrer sollen mit Hörschäden zur Erde zurückgekehrt sein. Auf der *ISS* wurde die Klimaanlage mit neuen Schalldämpfern ausgestattet.

### Tjuratam

Tjuratam war ein streng geheim gehaltenes Versuchsgelände in der ehemaligen Sowjetunion.

Zur Irreführung der Westmächte wurde daher ein »Weltraumbahnhof Baikonur« erfunden, Baikonur war eigentlich nur ein harmloser Ort, der rund 300 Kilometer nordöstlich des eigentlichen Raketen-Abschussgeländes lag. Heute ist Baikonur der größte Weltraumbahnhof der Welt. Er erstreckt sich mittlerweile über eine Fläche von fast 7.000 Quadratkilometern.

## U

### Ungeplanter Aufenthalt

Wegen einer Computerpanne mussten drei Raumfahrer im März 2014 einen ungeplanten Aufenthalt im All in Kauf nehmen. Sie wollten eigentlich mit der russischen Sojus direkt zur

ISS fliegen, das Andockmanöver misslang jedoch wegen eines Computerproblems. Weil es in der Sojus-Kapsel so eng ist, durften die beiden Russen und der Amerikaner ihre Raumanzüge ausziehen. Roskosmos war auf Reiseverzögerungen eingestellt: Trinkwasser und Lebensmittel waren genug an Bord. Wegen eines »mathematischen Problems« hatte die Sojus ihre Flugbahn zu spät geändert.

# V

**Viehböck, Franz**
Der österreichische Astronaut Franz Viehböck war im Oktober 1991 sieben Tage lang auf der russischen Raumstation *MIR*. »Mein Lieblingsplatz war sicher der Essplatz. Das war das Kommunikationszentrum, dort war man zusammen«, sagt er. Auf der *MIR*-Station gab es zwei Toiletten. Und wohin bauten sie sie? Die Konstrukteure bauten eine direkt neben dem Essplatz! (kritisiert die Weltraumarchitektin Sandra Häuplik-Meusburger in ihrem Buch »Architecture for Astronauts«)

# W

**Weltraumwahn**
Der Psychiater Eugene Brody machte 1959 auf eine große Gefahr eines Weltraumaufenthaltes aufmerksam. Die Trennung von Mutter Erde mit all ihren unbewussten symbolischen Bedeutungen könnte sogar in bestens trainierten Piloten eine Panik auslösen, wie man sie von der Schizophrenie kennt, warnte er.

**Wolkow, Wladislaw Nikolajewitsch**
**– Raumanzüge, was ist das?**

Wolkow flog mit der *Sojus 11*-Mission zur Raumstation *Saljut 1* – der ersten Raumstation im All – und koppelte erstmals ein Raumschiff an die Station an. Er starb am 30. Juni 1971 beim Wiedereintritt in die Erdatmosphäre durch einen plötzlichen Druckabfall in der Kabine.

Mit ihm wurden Kommandant Georgi Dobrowolski und Bordingenieur Wiktor Pazajew getötet, sie erstickten. Die Kosmonauten trugen keine Raumanzüge und auch keine Sauerstoffmasken, es befanden sich nicht einmal welche an Bord! Die Kosmonauten saßen nach der automatischen Landung leblos in ihren Sitzen. Eigentlich hätte eine ganz andere Mannschaft starten sollen, doch ein paar Tage vor dem Start stand Bordingenieur Waleri Kubassow unter Tuberkuloseverdacht. Die komplette Mannschaft unter Kommandant Alexei Leonow musste daher ausgetauscht werden.

# X

**Xichang**

Kurz nach dem Start am 15. Februar 1996 vom chinesischen Kosmodrom Xichang kam eine chinesische Rakete (*Langer Marsch*) mit dem kommerziellen Satelliten *Intelsat 708* an Bord vom Kurs ab und schlug in einem benachbarten Dorf ein. Die vollbetankte Rakete explodierte. Die chinesische Regierung bestätigte sechs Tote und 57 Verletzte, inoffizielle Meldungen gehen von bis zu 500 Toten aus. Die Amerikaner nutzten dieses Unglück und das vom Jahr davor mit rund 20 Toten, um strenge Sanktionen gegen China durchzusetzen. Der US-Markt für Satelliten war dadurch eine starke Konkurrenz los.

**Von Ulrike Schmitzer ebenfalls erhältlich:**

**Die falsche Witwe**

Eva muss zum neuen Freund ihrer Mutter »Onkel« sagen. Doch wer ist dieser Mann, der ihr so bekannt vorkommt? – Jahrzehnte später wird durch den Tod des Onkels das Geheimnis gelüftet: Auf dem Grabstein steht sein richtiger Name. Die überraschende Wahrheit hat ein gerichtliches Nachspiel: Die Witwe wird wegen schweren Betruges angeklagt. Warum wurden die Kinder belogen? War der Onkel ein Verbrecher, der der Entnazifizierung entging? Das Schweigen bestimmt das Leben der ganzen Familie.

Roman | 104 Seiten | geb. | 14,90 Euro | ISBN 978-3-902498-41-0

**Die Flut**

Eine seltsame rote Schlammflut hat das Land überschwemmt. Woher sie kommt: Niemand weiß es, aber wer mit ihr in Kontakt kommt, dessen Haut verfärbt sich schwarz. Schnell werden die Schwarzhäutigen wegen vermeintlicher Ansteckungsgefahr ausgestoßen. Ein Bauer macht sich auf die Suche nach seinem Enkel, der von Soldaten fortgebracht worden ist. Viel Zeit ihn zu finden hat er nicht, denn auch auf seinem Körper breitet sich immer schneller das schwarze Stigma aus …

Roman | 96 Seiten | Paperback | 7,95 Euro | ISBN 978-3-902498-74-8

**Literatur in der Edition Atelier**

Elena Messner
**Das lange Echo**

Ein k.u.k-Offizier erlebt im 1. Weltkrieg den Zusammenbruch seines Reiches. Hundert Jahre später geraten die Direktorin des Heeresgeschichtlichen Museums und ihre Assistentin in einen erbitterten Streit über Moral und Mitleid, Verbrechen und Verantwortung.

ROMAN | 192 Seiten
18,95 Euro | ISBN 978-3-902498-93-9
E-Book: 12,99 Euro | ISBN 978-3-903005-60-0

Andrea Drumbl
**Narziss und Narzisse**

Als die kleine Nurit wenige Wochen nach ihrer Geburt tot in ihrem Bett gefunden wird, ist es nur der grausame Beginn einer langen Reihe von Schicksalsschlägen ...

ROMAN | 144 Seiten
17,95 Euro | ISBN 978-3-902498-86-1
E-Book: 9,99 Euro | ISBN 978-3-903005-53-2

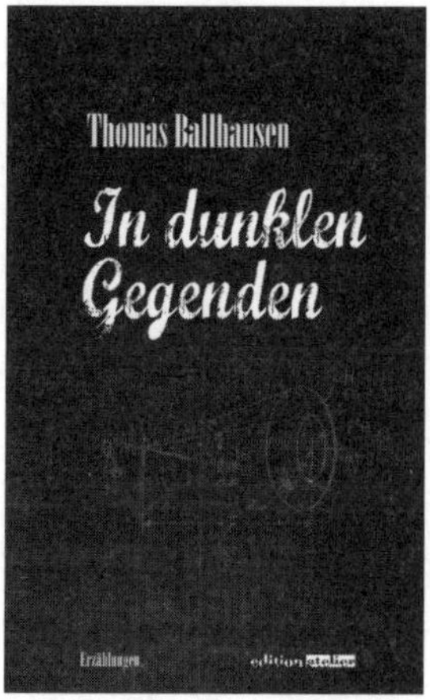


Thomas Ballhausen
**In dunklen Gegenden**

Ein altes leerstehendes Haus wird zum Grab einer vergangenen Jugend, ein Chefkartograf erzählt von seinem letzten großen Auftrag, und ein Geschichtsschreiber findet sich in einer scheinbar ausweglosen Situation unter der Erde wieder ...

ERZÄHLUNGEN | 104 Seiten
14,95 Euro | ISBN 978-3-902498-94-6
E-Book: 9,99 Euro | ISBN 978-3-903005-62-4

Thomas Antonic & Janne Ratia
**JOE 9/11**

2001: Der amerikanische Fotograf Peter entdeckt auf einem zufällig in Portugal gefundenen Polaroid den Todessturz eines Menschen ins Meer. Sein Freund Martty macht sich daraufhin nach Portugal auf, um dem vermeintlichen Verbrechen auf die Spur zu gehen.

THRILLER | 176 Seiten
16,95 Euro | ISBN 978-3-902498-97-7
E-Book: 9,99 Euro | ISBN 978-3-903005-64-8

2. Auflage mit erweitertem Lexikon der Astronautenfehler

www.editionatelier.at
Lektorat, Umschlag & Satz: Jorghi Poll
Umschlag: unter Verwendung eines Graffitis von Edison Wormhole
Druck: Bookprint Kft., Györ
ISBN 978-3-902498-87-8



Mit freundlicher Unterstützung des Bundesministeriums für Unterricht, Kunst und Kultur